# RealizeMe
リアライズ・ミー

ミンク　原作
高橋恒星　著
ＩＮＯ　原画

PARADIGM NOVELS 163

# 登場人物

**芝原和歌那《しばはらわかな》**　人気アダルトゲーム「夜行探偵2」のヒロイン。

**門倉紗夜《かどくらさや》**　一輝が好意を抱いている、同じ学校の女生徒。

**織本一輝《おりもとかずき》**　ゲームクリエイターを目指している専門学校生。

**明神恵美梨《みょうじんえみり》**　「学園ますかれーど」のHで気丈なお嬢様。

**イーリー**　「Clockwork Emothion」で主人公が育成するロボット。

**深水涼香《ふかみりょうこ》**　一輝を追う謎の少女。ゲートの力を嫌っている。

**桜田衛司《さくらだえいじ》**　一輝の友達。ゲーム会社でバイトをしている。

**リディ**　「魔王魂」の亜人間キャラ。閨房術を得意としている。

**有坂繭《ありさかまゆ》**　身寄りをなくし、和歌那の父親に引き取られた。

ファイル2 イーリー

ファイル3 恵美梨

# 目次

# プロローグ

「んんっ……んちゅっ……んはぁ！　ああ……また、こんなに大きくして……」

「あぁん、アタシにもしゃぶらせてよぉ。さっきからず～っとアンタばっかりぃ」

「私はできたら……その……そろそろ入れてほしい……」

今は深夜。某マンションの一室にて、一人の若い男が複数の裸の女性に囲まれ淫《みだ》らな宴《うたげ》を繰り広げていた。

しかし……マンションとはいっても別にそう高級な類《たぐい》の物件ではない。少し家計に余裕のある家庭ならば、一人暮らしの子供に与えられるほどの賃貸であるそれだ。

それに若い男といっても、複数の女性をはべらせるだけの器量を彼が持ち合わせているようにも見えない。失礼を承知でいえば、彼は風采《ふうさい》の上がらない、つまりは女性にあまり縁のないタイプであろう。

尤《もっと》も、人には見た目では判断できない魅力というものがある。

そう、彼には確かに他人にはないもの、『力』があった。権力や腕力、金の力とは異なり、魅力というカテゴリーにも含まれない、『力』が……。

「ふん……まったく、淫乱《いんらん》なメス犬どもだぜ。さあ、俺の前に一列に、それも四《よ》つん這《ば》いになって並びな。順番にぶち込んでやるよ」

メス犬呼ばわりされる侮辱を受けても、女たちは素直に彼の指示に従った。

彼の眼前には女たちの尻、尻、尻……。命じて自らの指で開かせた秘裂はまさに蜜壺《みつつぼ》と

## プロローグ

呼ぶに相応《ふさわ》しく、ねっとりと愛液が床に滴り落ちた。

「さてと、誰《だれ》のオ○ンコから始めようかなぁ……」

品定めをするような発言で焦《じ》らしつつ、いきなり彼は一人の女性の秘所を屹立《きつりつ》した股間《こかん》の肉棒で勢いよく貫いた。

「んはぁあああっ！　いい……いいのぉ！　もっと奥まで……ズンズンって……！」

「ズル～イ……アタシにも早くぅ！　中で出してもいいからぁ！」

「ダメ……もう我慢できないんです……指でもいいですから……お願い！」

「私……大人《おとな》しく順番待ってますから……自分でクリちゃん、弄《いじ》ってますから……」

さまざまな懇願や喘《あえ》ぎ声を耳にしながら、彼は思うがままに女たちを犯していく。

鶯《うぐいす》の谷渡りは無論のこと、わざと腰のピストンを中止し女の方から淫らに腰を動かすよう強要させたり、女同士での愛撫《あいぶ》、擬似的なレズ行為を観賞したり、間違えたフリをしてアナルへの挿入もしてみたり、と。

彼の女たちへの態度は、そのプレイの内容以上にあまりにもぞんざいのように見える。まるで彼女たちを完全に『モノ』として扱っているかのように。

対して、女たちの方にも若干不自然なところがあった。年齢や特徴はバラバラなのに一つの共通点が見られるのだ。どこか作り物めいた、生身の女性の匂《にお》いを感じられない雰囲気が彼女たちには漂っていた。

女たちを従えている彼はそれに気付いているのだろうか。

とにかく彼は一度目の波、一人の女性の膣内《ちつない》へと射精を迎える。肉棒の勢いは衰えることはなかったが、少しだけ興奮のおさまった彼は女の肉に埋もれながら独り言を洩《も》らす。

「くっくっく……この『力』があれば、もう一生、女に不自由することは……いや、そんなもんじゃスケールが小さいよな。この『力』をもっと巧《うま》く活用すれば、俺はあの中でなら神にも等しい存在にも……」

その言葉に、誰かが口を挟んだ。

「そう……結局はやはり、そうなるのか」

「えっ……？　今、誰か何を……？」

謎《なぞ》の声に反応した彼の目に、スカートとセーラーカラーがよぎった。目を凝らすと、そこにはどこかの学校の制服らしきセーラー服を身に纏《まと》った少女が立っていた。

「あれっ、まだ脱がしてない女がいたのか。ほらっ、早くしろよっ！」

尊大な態度を見せる男が、性の宴に酔いしれていられたのもそこまでだった。

幼い顔立ちに不釣り合いなほどの冷静な眼差《まなざ》しを見せている少女は、いきなり近くにあった椅子《いす》を片手で掴《つか》むとそれを思いきり振り上げ、同じく近くにあるパソコンに向かって一気に叩《たた》きつけたのだ。

「な、何を……やめろぉぉっ！　お前……お前、俺が呼び出した女じゃないな！　それに、この部屋にはしっかり鍵《かぎ》を閉めてたはずなのに、どこから……」

彼の疑問を無視して、少女は椅子を立て続けに振り下ろし、パソコンを破壊した。

その瞬間、彼に群がっていた裸の女たちの輪郭が走査線の乱れたモニター映像のように不規則に歪《ゆが》み……そして短い悲鳴と共に彼女たちは消えていった。

「あぁぁ……なんでこんなことを……お前は一体……！」

フルチン状態という情けない我が身の姿を忘れて、彼は少女に飛びかかった。しかし、それを軽くいなして少女は抑揚のない声で呟《つぶや》く。

「……忘れなさい」

彼に「何を、だ？」と問いかける暇も与えず、少女は全く無駄のない動きでその額に手を当て、殺気にも似た純粋な迫力を見せる目でその顔を覗《のぞ》き込んだ。

「お前の能力には永遠に施錠する……私と会った今の記憶も含めて……」

少女が額に当てた指にグッと力を込めると、彼の頭の中に白く熱い火花が点滅し、そこから何かが消えた。その『消えた』感覚を実際には彼が感じることはなかった。その意識が闇《やみ》に覆われたせいで。

彼が気を失って床に崩れるのを確認すると、少女は部屋からゆっくりと立ち去っていく。

少女に何かを成し遂げたという充実感の表情は見られない。そればかりか、何の前触れもなくこの部屋に姿を見せて以来、彼女の表情には少しの変化もなかったのだ。

いや……一つだけ感情の揺れが垣間見《かいまみ》えた時もあった。

「ここにも、私の『扉』はなかった……」

部屋の扉を閉めた時に、中をチラリと振り返ってそう洩らした少女には僅《わず》かに失望感が存在していた……。

# ファイル1　『夜行探偵2～蛭王再醒　体験版』

……微《かす》かに生暖かな風が吹いている。

病み衰えたような青白い満月が弱々しく光を放つ空の下に、その女の子はいた。

遊歩道に沿ってまばらに並んだ公園の街灯、そこに小さな虫たちが薄い煙のように集まっているのをぼんやりと見上げながら、女の子、『繭《まゆ》』は呟《つぶや》く。

繭「……今の私はあの小さな虫に悩まされる心配はない……だって、虫は光に集まるものだもの……私の体の半分はもう闇《やみ》なのだから……」

愛くるしい顔立ちだというのに、繭から発せられる雰囲気は、今の発言と合わせてどこか人ならざるものを思わせる。

繭「あの御方のためにも、もっと闇を濃く体内に貯《たくわ》えなければ……狩りの時間ね」

繭の呟きは、獲物の出現を意味していた。獲物とは、安い酒で酩酊《めいてい》した一人の若い男だ。

男（やっぱり違う道にすれば／平気さ。このくらいなら／もっと人通りのある方を／俺はビビってない／この公園で首がもげた死体が／俺は大丈夫／怖い。怖い。怖い）

最近この公園で謎《なぞ》の無惨な死体が発見されたのを知っている男の中には、見せかけの陽気さに隠された本能的な恐怖がうねっている。その負の感情を繭は美味《びみ》に感じる。

繭「お兄さん……私、淋《さみ》しいの……」

繭のいきなりの登場と呼びかけに、男の鼓動が一気に速まる。だが……。

男「あの……君、一人かい？　それに、『淋しい』ってどういうこと……かな？」

声を出して話しかけるという行為が、男の中の混乱と恐怖を少しずつ薄れさせる。そして繭が甘く微笑《ほほえ》みながらそばのベンチに横たわり、スカートを片手でめくってショーツを露《あら》わにさせていくうちに、男は……勃起《ぼっき》していた。

男（ヤリたい／こんな馬鹿《ばか》なことが／俺を誘ってる／怪しい／女・オンナ・おんなが／まだ制服姿のガキだ／ヤル・抱いて・ブチ込む／止めろヤメロやめろ／入れたい犯す犯す犯す……）

男が、理性や自制心で辛うじて性衝動を抑えつけていられるのにも限界があった。

繭「ねぇ……慰めて、お兄さぁん……もう、私のココ、こんなになってるのぉ……」

そう言って、繭は短い制服のスカートの下からショーツを引き下ろし脱ぎ捨てた。まろやかさを持つ尻肉の狭間《はざま》を指で開くと、そこには薄い恥毛に飾られた初々しい肉の花が露をたたえて息づいていた。メスの発情臭を漂わせていた。

悲鳴とも歓声ともつかない奇声を上げて、男は自らのズボンとパンツを引き下ろした。続いて覆《おお》い被《かぶ》さるように繭の体を抱え込むと、硬くそそり立ったペニスを……。

繭「はぁぁうんっ！　す、すごい……お兄さんの、逞《たくま》しい〜っ！」

一瞬、男は戸惑った。今まで感じたことのない、冷えきった膣内《ちつない》の感触に。

だが、その戸惑いも繭の織り成す偽りの媚態《びたい》に、そこだけ別の生き物のようにペニスに絡みついてくる淫肉《いんにく》の締めつけに、たちまち消《き》え失《う》せてしまった。

藺「あぁぁん。もっと……もっと突いてぇ！　お兄さんのオ○ンチンでかき回してぇ！」

　男が激しく腰を使う。まるで下半身で相手の尻を殴りつけるように。その姿は、種付けの本能に駆り立てられた一匹の猛《たけ》り狂ったオスであった。

　藺の方も酔っていた。男から与えられる快楽に……ではない。藺の体に潜む闇の部分が男の体から発散される発情のオーラ、その生命を食いつくしたいと焦れ始めていたのだ。

男「あ、ああっ……ダメだ、こんなに早く……ううっ！」

　精液というナマの生命力を待ち焦がれて、藺の子宮口が口付けするように熱く火照る亀頭に何度も吸いついた時、男は限界を迎えた。待ち構えていた藺の淫肉も無意識に蠢《うごめ》いて男の絶頂を引き延ばし、一滴でも多くと肉幹を締めつける。

ドピュゥ……ドピュゥゥッ！　大量の精液が子宮口に叩《たた》きつけられ、膣内を満たした。

だが……男の勃起は少しもおさまることはなかった。

藺は腰をうねらせ、蠢く淫肉でペニスをあやしながら男の耳元で囁《ささや》く。

藺「お兄さん……また、イキそうなんでしょ？　イカせてあげる……地獄まで」

男「地獄……？　それって、天国の間違いじゃあ……」

　藺が耳元からずらした唇を汗ばんだ首筋に移した次の瞬間、男は彼女の言葉に間違いはなかったのを知る。子供っぽい丸顔の藺の口元からせり出した鋭く尖《とが》った牙《きば》が、一気に自分の首筋に噛《か》みついてきたことで。

男（なっ……！　ヤメロ痛いこんな馬鹿な痛い痛い助けて怖い殺される死ぬ助けて死ぬ死ぬ逝《い》く逝く殺される死ぬ逝く……イクッ！！！）

牙で噛み裂いた傷口から溢《あふ》れ出てくる熱い血と生命を思う存分飲み干しながら、藺は間歇泉《かんけつせん》のように噴き出してくる純粋な恐怖を堪能《たんのう》する。

噴き出してくるのはそればかりではなく、男は立て続けに射精をしていた。この世のものとは思えぬエクスタシーを味わいながら……。

☆　☆　☆

「この世のものとは思えぬエクスタシー……か。でも、死んじゃったらなぁ……」

パソコンのモニター画面を眼鏡《めがね》を通した視線で見つめながら、『彼』はそう呟いた。

「藺ちゃん……だったかな。初《しょ》っ端《ぱな》からロリキャラのエッチシーンと思いきや、一気にホラーとはね。導入部のツカミってやつか」

彼の名は、『織本一輝《おりもとかずき》』。そう、先程までの深夜の公園における一連のシーンは、一輝がプレイしていたアダルトゲーム『夜行探偵2〜蛭王再醒』の、それも体験版の中の出来事だったのだ。

「さて、そろそろこの『夜行探偵』シリーズの主人公、四谷《よつや》探偵が登場する頃《ころ》かな。まさか体験版だからって勿体《もったい》つけてるわけでも……」

次のシーンに移ろうとマウスをクリックした一輝の目に、ふと腕時計が映った。

「いけねぇ。もう出ないと遅刻だよ。オープニングだけ見ようと思ってたのに、俺ってばいつの間に……続きはまた今夜ということで」

一輝はバッグを抱えると、急いで一人暮らしである部屋を飛び出す。

部屋の中は男にしては整理されている方だろう。万年床のベッド、モノトーンのカラーボックスとローソファとローテーブルのセット……特に目につくものといえば、積み上げられたゲームの山、そして壁に貼《は》られたアイドルの……ではない、やはりゲームの特典であるアニメ絵特有の瞳《ひとみ》の大きな女の子が描かれたポスターの数々だろう。

とはいっても、一輝は単なるゲーム好きというわけでもない。

部屋を出た一輝が向かっている先はゲームクリエーターを輩出する専門学校であり、彼はそこで学びながら、将来はシナリオライターを志望する学生なのだ。

細身の体に眼鏡をかけた端整な顔立ちは、一輝の印象をひ弱なものに感じさせる。

実際は運動神経もそう悪いものではないし、それなりに行動力もある一輝だった。

確かに優柔不断で押しの弱い面も持つが、そこは若さゆえ、ということにしておこう。

☆　☆　☆

「よおっ、一輝！」

一日の始まりとしては最悪なイベント、遅刻から逃れ、決められたカリキュラムを終えて教室を出た一輝は、背後から肩を叩かれた。

「……なんだ、衛司《えいじ》か。俺の今日の行動チャートにお前の登場はなかったぞ」

「ふっ、そういう口調は相変わらずだな、一輝は。やっと『夜行探偵2』が一段落ついたんで、久しぶりに親友のこの俺が顔を出してやったのによ」

彼は『桜田《さくらだ》衛司』といい、一輝とは専攻は違うが、なぜか気が合う同期の親友だ。

一見、ロン毛の遊び人風の衛司だが、作曲の才能に長《た》けていて既にゲーム会社でバイトという立場ながら仕事をこなしている、同期の出世頭でもある。

ちなみに、今の言葉からも分かるように衛司のバイト先のゲーム会社『Ｕｂｉｋ』とは、一輝が今朝プレイしていた体験版、『夜行探偵2』の開発元だ。

「『夜行探偵2』か……そういや、もうすぐ発売だな。どうだ、衛司、出来の方は？」

「そうだなぁ……おっと、それはプレイしてのお楽しみってことに」

「チェッ、偉そうに。もしも俺がプレイしたとしても、エンディングテロップでお前の名前が出てきたら即座にスキップしてやる！」

冗談めかしてはいたが、正直なところ、一輝は衛司の実行力と才能に憧《あこが》れている。

何しろ衛司は、「もう教室で教わってるだけなのには飽きた」と堂々と口にし『Ｕｂｉｋ』でのバイトを始めるやいなや、すぐに開発スタッフの音楽担当者として採用されたのだ。

それでいて衛司はなかなかの友達思いで、日頃から何かと一輝のことを気にかけている。

この時も、自分の働いている『Ｕｂｉｋ』でバイトしないかと衛司は一輝を誘う。

「えっ……俺が？」

「ああ。やる気のある奴《やつ》がいたら紹介しろって言われてるんだ。ここでの授業もいいけど、やっぱ実際の現場は勉強になるぜ」

「そうか……そうだよな……でもなぁ……」

衛司の誘いに魅力を感じてはいたが、一輝は気後れしてしまう。目の前にいる才能豊かで自信に満ち溢れる友に比べて、果たして自分に務まるのだろうかと。

加えて、男としてのプライドもあった。目指す分野は違えど、衛司の後輩という立場でバイトするのはどうも……といった、自分でもつまらないとは思うが譲れないプライドが。

結局、一輝の口から出た返事は以下の通りだった。

「衛司、ありがたい話だけど、お前と違って俺にはまだ早いかな。まぁ……考えとくよ」

「そっか。まあ、今すぐにってわけじゃないから、いいさ。じゃあな」

衛司はそう言うと、一輝の肩をポンと軽く叩いて立ち去った。

その屈託のない衛司の様子がいっそうコンプレックスを感じさせ、一輝が小さくため息をついた時だった。今度は彼の頭をポコンと叩く者がいた。

「織本！　アンタの『考えとく』はなんにも考えてないのと一緒！　せっかくのチャンスなんだから、ゲーム会社でのバイトやったらいいじゃない」

一輝に向かってそうツッコミという名のアドバイスを与えたのは、『門倉紗夜《かどくらさや》』だ。衛司と同じく専攻は違う一輝の同期生の女の子である。

ショートカットの下の細身の顔には子猫の如《ごと》き大きな目がキラキラと輝いていて、紗夜が一目で活発な性格だと判明する。本日はスラリとした体つきによく似合うゆったりとしたカットソーを着ていて、ミニスカートがほっそりと長い足を引き立てていた。

「門倉……盗み聞きはよくないぞ。それに、俺は別に何も考えてないわけじゃあ……」

「ウソ、ウソ！　肝心な時に問題を先送りにしちゃうのは、織本のいつもの得意技でしょーが。アタシもダテに織本を何年も見てきたわけでは……」

「何年って……知り合ったのはこの学校に入ってきてからだろうが！　そういう台詞《せりふ》は、よくある人物設定の中でも幼なじみという肩書きがついてる奴が言うもんだぞ」

一輝にとって、紗夜は一番親しい女友達といったところだ。

実のところ、一輝としては友達ではなくもう一歩踏み込んで恋人として付き合いたい気持ちはあるのだが、もしも告白して気まずくなり、友達としての付き合いまでできなくなったらと考えると、二の足を踏んでしまっていた。それが現在の状況である。

紗夜の方は一輝の気持ちを知ってか知らずか、今も気さくに話を続ける。

「あっ、そうそう。織本が先送りしてることといえば……こないだシナリオ書き始めたって言ってたけど、あれ、上がったの？　書き上がったら見せてくれるって約束だったよね」

「ああ、あれか。考えと……いや、その……そんな約束したか？」

「トボけないのっ！　どうせ、けちょんけちょんにけなされちゃったら、ヘコんで立ち直れねー、とか思ってんでしょ？　客観的な感想を聞くのも勉強のうちだってのに」

まるっきり図星だったので、一輝は「うっ…」と低くうめいて黙り込む。

「批判や酷評を恐れてたら、到底プロの物書きになんてなれないよ、織本」

さすがにそこまで言われては、異論を挟めない正当な意見なこともあって、一輝はムッとなってしまった。しかも、言った相手が好意を持っている紗夜なだけに、一輝の反発心に拍車をかける。

「仮にそうだとしても、別に門倉に見せなきゃならないってわけじゃあ……大体、さっきからなんだよ、その偉そうな態度は。お前、何様のつもりだよ、って気分だよ」

「何よー、ちっともアタシ、偉そうになんかしてないじゃない。言いがかりつけないでよ」

売り言葉に買い言葉、次第に二人の会話は険悪なものへとエスカレートしていく。

「いいわよ、もう！　織本の書いたシナリオなんて、絶対読んであげないんだから！　せいぜい自分一人の世界で『これは傑作だ〜』とか思ってなさいよっ！」

「俺はヒッキーで、しかも自己満足クンかよっ！　誰《だれ》にも読ませないなんて言ってないだろ！　俺はただお前には読んでほしくないって……それだけだよっ！」

両者共に（こんなこと言いたくないのに……）と思いつつも、結果的に喧嘩《けんか》別れという最悪の展開を迎えてしまう、一輝と紗夜であった。

☆　☆　☆

「はぁ～～～、なんであんなことに……」

アパートの自宅に帰宅した一輝は、ベッドに体を投げ出して激しく後悔していた。勿論《もちろん》、その対象が紗夜と喧嘩してしまったことなのはいうまでもない。

かといって後悔、つまりは自己嫌悪だけではなく、そこには紗夜への不満も存在した。

「……門倉だって、俺の性格分かってるんだから、あんなに強く言わなくたって……」

ぼんやりと天井に向けられていた一輝の視線は、いつしかデスク上のパソコンへと移る。

「『夜行探偵2』……あの体験版って、あと二日しか起動できなかったんだよなぁ」

そんな独り言が一輝をベッドから起き上がらせ、今朝の続き、『夜行探偵2』体験版のプレイを再開させた。

本人は認めたくはないだろうが、現実の女性である紗夜との関係が巧《うま》くいかないことによる現実逃避の気持ちが一輝にはあった。そういった気持ちは、『夜行探偵2』のゲーム内においてメインヒロインである『芝原和歌那《しばはらわかな》』が登場したことで顕著になっていった。

和歌那の登場シーンは、入口のドアに『四谷探偵事務所　調査一般』と表札がかかっている貸しビルの一室で始まった……。

☆　☆　☆

盛三郎「で、どのような御相談ですか？　御心配なく、秘密は守りますよ」

私立探偵、『四谷盛三郎《せいざぶろう》』は依頼人の芝原和歌那に励ますような笑みを向ける。不思議な男である。限りなく軽薄な思考の持ち主なのだが、その笑みは妙に人懐こく、相手に安心感を与えてしまうのだ。

和歌那もまた例外ではなかった。レースで縁取られた白いハンカチを両手で絞るように握る不安な様子ながらも、勇気を出すように大きく息をついて依頼内容を話し始める。

和歌那「……はい。あの……義妹の……あっ、義理というか、預かっているだけで血の繋《つな》がりはないんですけど……もともと、ウチは母が早くに亡くなったものですから、警察官の父と私の二人暮らしで……それで、義妹は繭ちゃんっていうんですけど……」

不安からとりとめのないものになってしまう和歌那の話を要約すると……事件に巻き込まれて身寄りを亡くした繭という少女を半年前から引き取っていたのだが、最近になってその彼女が夜中に黙って部屋を抜け出してしまう、ということだった。

盛三郎（若い女の子が夜遊び、か。褒められはしないが、別に珍しくもないぞ）

そうタカを括《くく》っていた盛三郎の表情が、次の和歌那の言葉を聞いて緊張を見せる。

和歌那「でも、本当におかしいんです。心配になって父と私の二人でこっそり様子を窺《うかが》ってみたこともあったんですけど、いつ抜け出したのか全然分からなくて……それに、朝になって繭ちゃん本人に問いただしてみても、夜の間の記憶がないみたいで……」

盛三郎（記憶がない……まさか……いや、今更そんなことが……偶然だ。偶然にすぎない）

頭に思い描いた想定を否定しようとする盛三郎だったが、和歌那の口から「近くの公園で変死事件も起きているので、心配なんです」という情報を得たことで、急に室内の温度が下がったような感覚を覚えて肌が粟立《あわだ》った。

盛三郎（奴は滅びたはずだ……しかし、復活したのが奴だけではなかったとしたら……）

鮮やかに甦《よみがえ》ってきた苦い記憶を無理やりねじ伏せて、盛三郎は依頼を請け負う旨を和歌那に伝える。それを聞いて和歌那は、「ありがとうございます」とここに入ってきて初めて笑顔を浮かべた。穏やかな春の陽《ひ》だまりのような、温かな笑顔であった。

盛三郎（ああ、そうか……似てるんだ、この人は……）

盛三郎が和歌那を（似ている）と感じたのは、彼の胸の奥に深く刻み込まれている一人の女性……彼に向かって愛していると告げたのを最後に永遠の別れとなってしまった一人の女性の面影だった……。

☆　☆　☆

「……そうかぁ？　似てるかぁ？　前作のヒロインと今回の和歌那さんとじゃあ、だいぶタイプが違うと思うけどなぁ。まっ、それは言わないお約束かな」

モニター上の四谷探偵に向かって、一輝はツッコミを入れた。現実的なキャラクターデザインの相違はともかく、一輝がそう感じてしまったのもそれだけ和歌那に入れ込んでいたせいであろう。

メインヒロインだけに、和歌那が美人でスタイルもいいのは間違いない。だが、それとは別に、腰まで届きそうな漆黒のロングヘア、ふっくらとした顔立ち、全体的に醸し出される和歌那の無条件に甘えさせてくれるような母性的な雰囲気に、一輝は魅了されていた。

「年上の女性ってのもいいよなぁ。きっと、門倉みたいに口やかましくないだろうし……」

ゲーム内では、四谷探偵が何やら嫌な予感に襲われるといった謎めいた展開に移行していたが、一輝のクリックする手は速い。飽くまでも一輝の関心は和歌那にあり、それに合わせるようにゲームの視点も探偵事務所を離れ、和歌那の姿を追っていった。

「おおっ！　こ、これは……って驚くほどでもないけど、お約束のサービスシーン！」

モニター上では、自宅に戻った和歌那が浴室でシャワーを浴び始めていた。アダルトゲームとしては刺激的な描写ではなかったが、なまじ現実の紗夜と比較していたせいか、一輝には煽情的《せんじょうてき》に見え、ゲームの進行をストップしてしばしその光景に見入る。

シャワーの飛沫《しぶき》を跳ね返す白い肌、清楚《せいそ》な雰囲気とは対照的な爆乳、そしてモザイクで隠された和歌那の股間《こかん》が、いまだ童貞である一輝を大いに刺激する。

「……はっ！　俺ってば、ズボンのファスナーに手をかけたりして何を……いや、何を、って決まってるんだろうけど。これじゃあ、最低のノゾキ野郎だよな」

和歌那への思い入れが強いせいで罪悪感に囚《とら》われた一輝は、ゲームを先へ進める。

ＣＧは、浴室から出てバスタオルを濡《ぬ》れた体に巻きつけた和歌那に変わった。だが、タオルに隠されたとはいえ、まろやかな曲線を描く色白の体は桜色に染まり、雫《しずく》を滴らせた髪も上気した顔も一輝の情欲をそそるのは変わらなかった。

そして、和歌那が鏡に向かいながら四谷探偵のことを思い出してクスッと小さな笑い声を洩《も》らすのを見て、一輝の胸は嫉妬心《しっとしん》からざわつく。

「チェッ、この『夜行探偵』シリーズは主人公の名前が変えられないタイプなんだよなぁ。感情移入がしにくいというか……本当は和歌那さんみたいな女の人が現実にいてくれたらいいんだけど」

そう口にしたことで、一輝は自分が現実逃避をしているのだと思い知る。

気恥ずかしさと後ろめたさを感じつつ、紗夜との喧嘩を思い出すと一輝は何かに癒《いや》されたいと願ってしまう。だからもう一度……今度は心の中で唱えた。

(和歌那さんが現実にいてくれたらいいのに……)と。

その時だった。

一輝の頭の中に突如、イメージが飛び込んできた。古めかしいドアが軋《きし》みを上げて開けられるイメージが。

それは現実に影響を与える。パソコンのモニター上に、光でできた平たい竜巻のようなものが出現したのだった。

「なっ……なんだ。トラブルか？　でも、こんなの今まで見たことが……」

トラブルシューティングのためにマウスかキーボードに伸ばすはずの一輝の手は、なぜか反射的にモニター上に渦巻く光の中へと向けられる。

その瞬間、驚くべき事態が起きた。光の中から飛び出してきたのだ。素肌にタオル一枚巻いただけの和歌那が！　ゲームキャラのはずの和歌那が！

「きゃあぁっ！」

「うわあぁっ！」

ガクンという衝撃と一緒に和歌那の体は横様に投げ出された。その下敷きになったのは一輝なわけで……つまり、二人は抱き合うような形で床に倒れていた。

しばし部屋には、一輝も和歌那も茫然《ぼうぜん》自失状態だったため、静寂が訪れる。

より正確にいえば、和歌那に圧しかかられた状態の一輝の方は頭が真っ白になりながらも感動していた。衝撃で眼鏡がずれてしまったせいで視覚では捉《とら》えられなかったが、肌で感じる和歌那の豊満な肉体から受ける心地良

い感触に。

少しして、和歌那の当然の質問から二人のコミュニケーションは始まる。

「あなたは……誰？」

「君……和歌那さんだよね？　芝原和歌那さんだよね！」

全く見覚えのない一輝が自分の名前を知っている事実に、和歌那は警戒心を抱く。咄嗟《とっさ》に体を覆うバスタオルをきつく巻きつけ直す仕草をしたのも、その表れなのだろう。

「あなたは誰なのですか？　ここはどこ？　なぜ、私の名前をあなたは……？」

とりあえず「俺は織本一輝…」と名前を告げてはみたものの、一輝はその次に答える言葉に詰まってしまう。

(どう説明したらいいんだろう……っていうか、俺自身もどうしてこんなことになったのか分からないわけで……え～い、ここはとにかく……)

まさか、「あなたは俺がプレイしていたゲームのキャラです」とも和歌那には言えないので、一輝は適当な説明をでっち上げる。

「あのぉ……つまりですね、和歌那さん。ここはパラレルワールドというか、偶然俺のパソコンを媒介として次元の歪《ゆが》みが発生して……えっとぉ、ゲート……そう！　二つの世界を繋ぐ『ゲート』が開いてしまって、和歌那さんはこちらの世界に来てしまったわけで」

「パラレルワールド？　次元の歪み？　それに……『ゲート』？　まるでSF映画みたい

ね……つまり、ここは私がいる世界とは別の世界なんですね」

生来、人がいいのだろう、和歌那は素直に一輝の話を信用した。尤《もっと》も、なぜ自分の名前を一輝が知っているのか、それについてはまだ和歌那も内心で疑問を感じていたが。

「それで……ええと、一輝君……そう呼ばせてもらうわね。もう一度その『ゲート』とかいうのを開けることができるのかしら？」

「たぶんできると思うけど……あっ、もしかして、もう帰っちゃうの？」

「だって……そのぉ……私、こんな格好だし……」

そう言われて、一輝は改めて和歌那がバスタオル一枚だけの半裸状態なのに気付いて、慌ててそこから視線を逸《そ》らせた。

純情さを示す一輝のその姿は、和歌那に好感をもたらす。

だからだろう、一輝の「また、会ってくれるかな？」の問いに和歌那はこう答える。

「そうね……もし、その『ゲート』というのが自由に開けられるのなら、また……」

そして、一輝は再びパソコンのモニターに向かって意識を集中すると、彼自身が命名した『ゲート』を開き、和歌那はそれを通ってゲームの中へと帰っていった。

そして、再び一人になった部屋で、一輝は半ば躁状態《そうじょうたい》と化す。

「う～わ～、これってマジ？　ゲームのキャラが実体化するなんて、ほとんどマンガかアニメの世界だってーの！　まさか、ドッキリ……じゃねえよな。うわはは、すげぇ！」

今までの日常が退屈だったわけではないが、一輝はこれからのことにさまざまな想像を巡らせて浮かれる。無論、そこには他人が持たない能力、『ゲート』を開く力を得たことからくる優越感もあった。

有頂天のあまり、一輝が肝心なことを思い出したのは、眠りに陥る直前だった。

（そういえば……『夜行探偵2』の体験版が起動できる期限って明日までじゃあ……ってことは……製品版の発売日までは、和歌那さんを呼び出せるのも……ムニャ……グゥ……）

☆　☆　☆

翌日、一輝は専門学校をサボった。

根が真面目《まじめ》な一輝にとって、それは初めてのことだ。全ては今日が『夜行探偵2』の体験版を起動できる最後の日という理由からで、一輝は心の準備を整えるとゲームを起動させ、昨日掴《つか》んだ要領で『ゲート』を開いた。

「……えっ、一輝君？　確かに『また……』とは言ったけど、随分と早いのね」

「早い？　まあ、一日しか経《た》ってないけど……あっ、そっか。ゲーム内では和歌那さんが浴室から出て服に着替えるシーンまでしか進めてないから……」

「えっ？　ゲーム？　シーン？」

疑問を抱く和歌那に、慌てて「なんでもない」と取り繕った後、一輝は彼にしては思いきった行動に出る。「外へ出かけてみませんか？」と和歌那を誘ったのだ。

和歌那も（悪い人ではなさそう）と一輝を信用していたこと、そして繭のことを心配しすぎて暗くなりがちな自分への気分転換も兼ねて、その誘いを受け入れた。

「……とりあえずさ、近くのカフェでお茶でもどうかな？　そこの店ってアイスクリームが美味《おい》しいって評判だから、和歌那さんもきっと気に入ると思うよ」

「えっ？　そ、そうね。一輝君に任せるわ」

「その店からちょっと足を延ばした、駅の向こう側に植物園があるんだ。大温室やバラ園とかあって、和歌那さんの夢、花屋さんの開業にもきっと参考になるはずだよ」

「……一輝君、いろいろと詳しいのね」

「まあ、その……事前に植物園とかは調べておいたわけで……ネタバレしちゃうと、ちょっとカッコ悪いよね」

和歌那が「詳しいのね」と言ったのはそういうことではない。

どうして一輝が自分のことを……アイスが好物で、将来の夢がフラワーショップを開くことを知っているのか、それが和歌那には不思議だったわけだ。それでも、和歌那は一生懸命に自分を楽しませようとする一輝の姿勢を好ましく感じた。

「じゃあ……エスコート、お願いね。一輝君」

年上の余裕からか、和歌那は自分から一輝と腕を組む。たちまち顔を赤面させてぎこちない動きになってしまう一輝のことが、ますます可愛《かわい》く思える和歌那であった。

一方、一輝はどうだったかというと……。

（意外と大胆なんだな、和歌那さんって。思えば……こうして女の子と二人きりで出かける、なんてのも久しぶりだよなぁ。まぁ、和歌那さんは女の子っていうよりも、綺麗《きれい》なお姉さんって感じだけど）

カフェにて向かい合わせでお茶をしたり、植物園に向かう途中でも切り花と植木を扱っているグリーンショップに興味を持つ和歌那に一緒に付き合ってみたりと、普通なら自分には手の届きそうもないと思われる女性相手に、一輝はデート気分を満喫する。

「和歌那さん……そのぉ……楽しいかな？」

和歌那に対して何度もそう尋ねてしまう一輝の姿は、彼の自信のなさゆえのことだったが、他にももう一つ訳があった。

「うん、楽しいわよ。一輝君、ありがとう」

そんな返事と一緒に見せる和歌那の笑顔は何度見ても、一輝は嬉《うれ》しかったのだ。

幸せな時間は物理法則を無視してあっという間に過ぎる。

（もう夕方かよ……今日という日が終わっちゃうと、『夜行探偵2』の発売日までは和歌那さんと会えないんだよな……できたら、夜中の零時ギリギリまで一緒に……）

まるでシンデレラのような心境に陥った一輝の足取りは、自然とゆっくりなものになる。

何も言わないのにその歩調に合わせてくれる和歌那の優しさがまた、一輝は嬉しい。

「あのぉ……和歌那さん……」

頭の中でいろいろと言葉を模索した後、とりあえず口を開いてみた一輝の意志を打ち砕くように、道路を挟んだ通りの向こうから誰かが声をかけてきた。

「ヤッホ〜、織本〜っ！　アンタ、今日どうして学校、休んだのよ〜っ！」

それは紗夜だった。昨日の喧嘩のことをすっかり忘れている様子なのが実に彼女らしい。

車の流れが途切れたのを見ると、長い足を大胆に振り上げてガードレールをヒラリと飛び越えてこちらへ向かってくる活発さも、やはり紗夜らしかった。

「ん？　お連れさん？　へぇ〜、織本が女連れなんて珍しいじゃん」

そばにいる和歌那の存在に気付くと、紗夜はニヤリと笑って一輝をからかった。

「バ、バカ。女連れなんてなぁ、この人は、そ、その……」

あからさまに動揺する一輝とは違い、和歌那が機転を利かす。

「はじめまして。私、一輝君の従姉《いとこ》で、芝原和歌那といいます」

「従姉？　まっ、織本ならそんなところよね。あっ、アタシ、門倉紗夜です。織本……君とは同じ学校に通ってる者でして、いつもいろいろとお世話してまーす！」

従姉という説明を聞いて少しホッとしたような紗夜のリアクションを、和歌那は見逃さなかった。加えて……。

「おいおい、門倉、お世話ってなんだよ。和歌那さんが妙な勘違いするだろうが」

「あら～っ、織本ってば、まーだ昨日のシナリオの一件を根に持ってるのかなぁ。アタシなんてご飯食べてお風呂《ふろ》入って一晩ぐっすり眠ったら、スッパリ忘れちゃったってのに」

「くっ……お前は子供かっ！　ったく、これだから門倉は……」

二人のやり取りを目の当たりにした和歌那は、一輝と紗夜の微妙な関係を察知する。

大人《おとな》しそうに見えても和歌那は大人の女性であり、恋愛事の一つや二つは乗り越えてきている……といったキャラ設定になっているのだ。

実際にそのことについて和歌那が口に出したのは、紗夜と別れて部屋に帰った後、一輝が未練を振り切って『ゲート』を開こうとした時だった。

「和歌那さん、そのぉ、また、俺と会ってくれるかな。じきにゲームが発売されたらすぐに……あっ、いや、今のは関係ない話で……」

「ねぇ、一輝君。本当にデートしたい相手は私じゃなくて、他にいるんじゃないの？」

「えっ……他に、とかって言われても、俺にはそんな……」

「私、何となく分かっちゃったの……さっき会った紗夜ちゃんのこと、好きなんでしょ？」

顔を真っ赤にして反応を見せる一輝を微笑ましく見つめ、和歌那は言葉を続ける。

「好きなら、ちゃんと自分の想《おも》いを伝えなくちゃダメよ。それとも、もう告白したの？」

「その……告白っていうか、それとなく匂《にお》わせてはみてるんだけど……アイツ、どこか鈍くって……今いちレスポンスが悪いっていうか、巧くフラグが立たないっていうか……」

ポツリポツリと答える一輝の、悪くいえば煮えきらない様子は、和歌那の母性本能を絶妙な具合でくすぐった。

親友の衛司といい、現在話題に上っている紗夜といい、一輝には周りの者を自然とそういう風に導く才能があるのかもしれない。

「じゃあ、次に会う時までの課題よ。紗夜ちゃんにはっきり告白すること。ねっ、約束よ」

最後にそう言い残して、和歌那は一輝の開いた『ゲート』を通って『夜行探偵2』の世界へと帰っていった。

「分かったよ、和歌那さん……考えとく」

和歌那が一方的にした『約束』とはいえ、その返事を一輝はモニター上の彼女に向かってそう告げた。それも「YES」ではない、紗夜が言うところの得意技『考えとく』を。

紗夜への告白という一大イベントはプレッシャーから一旦《いったん》、心の隅へと棚上げした一輝は、自分に発現した能力、ゲームという架空世界と現実世界を繋ぐ力に思いを馳《は》せる。

「一日過ぎて冷静になった頭で改めて考えてみても、これってマジにすごいことだよな。『ゲート』の力……よしっ！　どうせなら、『ゲート』を開く際に何かそれ風のかけ声なんかもあった方が……」

すっかり舞い上がっている一輝は知らない。

一輝の住むアパートの前に、その彼の部屋から洩れる明かりをじっと見つめている一人の少女がいることを。

セーラー服に身を包んだ少女は、風になびく髪をかきあげると謎めいたことを呟く。

「さっき、あの女性が放っていた波動は……間違いない。あの女性は……ということは、一緒にいた男の方が『扉』を開いて……」

そして、やはり一輝は知らなかった。

この日を境に、彼自身がある意味において『物語』の登場人物になっていく運命を。

# ファイル2『Clockwork Emotion』

（『夜行探偵2』の体験版によって、俺は『ゲート』を開く力を見つけたわけだけど……他のゲームだったらどうなんだろ？　和歌那さん以外のキャラでも呼び出せるのかな？）

そんな疑問を一輝が浮かべてしまうのは、当然のことだろう。

一輝が心待ちにしているソフト『夜行探偵2』の発売まで、まだ時間はあった。

それまでただ座して待っているのもなんなので、一輝は手持ちのゲームソフトで『ゲート』の力を試してみた。

その成果として、幾つか『ゲート』の力におけるルールのようなものを一輝は見つける。

ゲーム内のキャラクターを現実世界に呼び出している間、ゲームの進行はストップしたままであること。

呼び出すだけではなく、開いた『ゲート』を通ってゲームの中に入っていくのも可能で、その場合は逆に現実世界の時間がストップしていること。

開いた『ゲート』はそのゲームの全てに影響を与えるわけではなくて、セーブしたファイルごとに独立していること。例えば、もしも『夜行探偵2』の体験版をもう一度初めからプレイし、途中で和歌那を『ゲート』から呼び出したとしても、その和歌那は一輝が先日デートをした和歌那ではない、といったところだ。

そして、『ゲート』を開く媒体はゲームだけではなく、創作物なら小説等でも可能なこと。しかし、創作物ならなんでもいいわけではなかった。

（ゲームの中でNGだったものを見ると……どうやらクソゲ……いや、創作者の魂がこもってないものはダメってことか。ある意味、通常のレビュー以上に厳しい判定だな）

その最後のルールに関して、一輝には一つのタブーが生まれた。それは、自らが執筆したシナリオに対して『ゲート』を開いてみることだった。

本当は一輝も自分が創造した世界に入ってみたいし、自分が創造したキャラと現実世界で会ってもみたかった。が、もしも『ゲート』が開かなかったことを考えると……。

「……うん。まだ改稿する予定だし、とりあえず今は保留、保留、と」

自らにそう言い訳をした一輝は、本格的に『ゲート』を開いてみようと一本のゲームソフトを選んだ。

それは、『Clockwork Emotion』という全年齢対応の一般ソフトで、ロボット開発者を目指す少年、『瀬戸口拓海《せとぐちたくみ》』を主人公に美少女ロボットを成長させていく、育成ものだ。

一輝はパソコンのハードディスク内にある『Clockwork Emotion』のフォルダをクリックし、一度クリアしたそのゲームを改めてプロローグから始める……。

☆　　☆　　☆

……スクラップ状態の部品やもつれたケーブルの束で足の踏み場もない部屋の中、拓海は装着し続けで半ば顔に食い込んでいるゴーグルを外して、ゴシゴシと目をこすった。

拓海「くっ……まだ疲れちゃいねぇぜ。コイツでジッちゃんを見返してやるっ！」

瀬戸口拓海はロボット開発者を目指す、意気盛んな少年だ。

彼の夢は、作業用や単純労働用ではない、真の意味で人間のパートナーになることが可能な、友達のようなロボットを開発することにある。

その夢を実現するために文献を漁《あさ》っていたある日、拓海は開発中止になったロボット、それも彼の祖父でロボット開発の権威である『瀬戸口真造《しんぞう》』博士が手懸けた、対人能力に重点を置いた『Ne1』のデータを発見したのが始まりだった。

早速、拓海は祖父の真造博士にその時の事情を尋ねたが、返ってきた言葉はそっけない。

真造「『Ne1』だと？　ありゃあ、失敗作だ。おめぇもそんなもん、忘れちまえ」

博士というよりは親方、もしくは棟梁《とうりょう》といった真造博士のべらんめえ口調に、拓海は食い下がった。「オレは人を癒《いや》し、和ませるロボットを造りてぇんだ」と。

孫のしつこい粘りに押され、真造博士は一つの条件を拓海に提示した。

真造「ふん、力ぁ、貸してやってもいいが、孫だからって容赦はしねぇ。次の『ロボットコンテスト』でおめぇの造ったロボットを上位入賞させてみやがれってんだ！」

まだ学生の身の拓海には厳しい条件だ。続けて真造博士が告げた、もしも上位入賞できなかった時の処置もまた過酷なものだった。

拓海「くそっ！　オレの造ったロボットを分解処分になんか、させねぇ！」

そう叫んだ拓海は現在自分の実験室にて、祖父には内緒で入手した『Ne1』のパーツを最後にコンテスト出場用のロボットに組み込んだ。拓海は自分を励ますようにもう一度頷《うなず》くと、作業台の上に横たわったロボットへ起動のコマンドを入力……。

☆　　☆　　☆

「おっと、そこまで、と。悪いね、拓海くん」

そう呟《つぶや》いて、一輝はゲームの進行を止めた。そこはちょうどロボットを拓海が起動させる直前のシーンであり、つまりは一輝の『ゲート』の出番であった。

「インプリンティングっていうのかな。やっぱ、まっさらな状態で出会わないとね。まっ、拓海くんにもゲーム内で協力はしてもらうけど、飽くまでも今回は俺が……」

コツを覚えた一輝は難なく『ゲート』を開くことができた。モニター上に光の渦が生まれ、その輝きが『Clockwork Emotion』のヒロイン、体の線がはっきりと分かるミニドレスを纏《まと》った美少女ロボットを包んでいき、一輝はそれを両腕で受け止める。

「よっと！　うっ、人間と違って結構重いな。まあ、本物の女の子をこんな風に腕で抱きかかえたことは実際ないんだけど」

無駄口を叩《たた》きつつ、一輝は『ゲート』から呼び出した……というよりも取り出したロボットをソファに横たわらせ、しばらくその姿を観賞する。

鮮やかなピンク色の髪の中から、ウサギの耳のような二本のアンテナが垂直に立ちあがり、風に揺れる様《よう》に頼りなく動いている。ゲームをクリアしている一輝には画面でお馴染《なじ》みの様子だったが、現実に目の前にすると感慨もひとしおだ。

少しして、虫の羽音に似た作動音が一輝の耳に届く。人工の体に命が吹き込まれたのだ。

「……起動完了。外部サーチシステム始動。センサー作動。固有名詞を入力して下さい」

ロボットが放った感情のない澄んだ声に、弾《はじ》かれたように一輝は立ち上がった。

「えっとぉ、なんだっけ……あっ、固有名の入力、か。どうしよう。まあ、ここはゲーム内の展開と齟齬《そご》を起こすのもマズいから……コホン、イーリー……お前の名はイーリーだ」

「入力完了……私はイーリー……イーリーです。あなたはどなたですか？」

「一輝……織本一輝だ。これからよろしくな、イーリー」

美少女ロボット『イーリー』は、ゆっくりとソファから体を起こし、一輝に顔を向けると小首を傾《かし》げた。センサーで周囲をサーチしているのだろうが、一輝の目にはまるではにかんだように見えた。イーリーの体型は十代半ばくらいの感じだが、その動きや表情はもっと幼くあどけないように思われ、一輝の心の中にある何かを震わせる。

「……一輝さま、よろしくお願いします」

抑揚に欠けるがはきはきとした口調で「一輝さま」と呼ばれて、一輝は改めて決意する。

（よ〜し、俺がイーリーを一人前の女の子に育て上げてやる！）

現実において女の子とまともに付き合ったことのない一輝にしては、かなり偉そうな宣言であった。

# ファイル2『Clockwork Emotion』

☆　☆　☆

その日から、一輝はイーリーを育てることに夢中になった。

具体的には、専門学校での授業の後も友人たちとの付き合いもそこそこに、アルバイトも必要最低限の時間だけにして、ひたすら一輝は自室でイーリーと過ごしていたわけだ。

客観的に見れば、人としてヤバげな状況ともいえる。実際、一輝本人もふと「これでいいのかなぁ」と思うこともあったが、ウサ耳つき美少女ロボットがひたすら自分を慕ってくれる環境はそんな悩みを吹き飛ばす。

何よりも、一輝にとっては初めてだったのだ。恋人のような、妹のような、娘のようなイーリーという、愛情と保護欲を注ぐ対象を得ることができたのは。

本当はずっとイーリーをこちらの世界に呼びっぱなしにしたいと思うほど、一輝はのめり込んでいたわけだが、実際にそうはいかない。

現実世界でいろいろと接するのと同時に、ゲーム内でも種々のイベントを起こして新しいパーツを主人公の拓海に装着してもらう必要があったのだ。それも本来はベストエンディングへの条件の一つである、イーリーが拓海に恋心を抱いてしまうのを避けるため慎重にパラメーターを管理しながらだったので大変だった。

その一輝の苦労は報われる。現実世界での触れ合いは、ゲーム内では起こらない変化をイーリーにもたらしていく。

ゲームでのベストエンディングは正式名称、『可愛《かわい》い奥さんエンド』と呼ばれ、それを回避するべく一輝は一部のイベントをキャンセルしている。料理を覚える『コックさんイベント』や、その他の家事全般を習得する『メイドさんイベント』等々を。

しかし、現実世界において一つ一つ丁寧に教えることで、イーリーはその分野でも成長した。例えば、今では一輝好みのコーヒーを淹《い》れてくれるほどになっていたのだ。

教えられるだけにとどまらず、イーリーは自分からも積極的に物事を憶《おぼ》えようとする。

それも一つの成長の証《あか》しだったのだが、そのため一輝の予期せぬ事態も起きる。

「……お待たせしました。はい、コーヒーをどうぞ……お兄ちゃん」

「ありがとう……へっ？　ええっ！　イーリー、今、『お兄ちゃん』って呼んだのか？」

「はい。男性はそう呼ばれるのが嬉《うれ》しいと、お兄ちゃんの購読している雑誌にありました」

さすがに一輝はイーリーのその呼び方を禁止した。

イーリーの愛らしい声で「お兄ちゃん」と呼ばれたことで、一輝はゾクゾクするような嬉しさを感じる反面、自分がダメになるような、違う意味で背筋がゾクゾクしたからだ。

☆　☆　☆

イーリーの成長は、一輝のあずかり知らないところ、彼女の内部にも変化を起こさせる。

それは……イーリーが駆動系をオフにしたスリープ状態、一日の情報が分類整理され圧縮保存される時のことだった。

イーリーは夢を見た。ロボットの彼女が見るはずのない夢を。

『私はどこにいるのでしょう……ここは……作業室？　ということは、一輝さまのお部屋ではなく、拓海さまの……いえ、違う。この作業室は……』

横になっている彼女を、一人の科学者らしき青年が覗《のぞ》き込む。首から下げたタオルで額の汗を拭《ぬぐ》った彼の瞳《ひとみ》は、自信に満ち溢《あふ》れた強い意志の力で輝いている。

『ああ、この人は……』

青年の意志が移ったかのように、彼女にも嬉しい感情と共に何かが甦《よみがえ》った。

それに呼応するように、イーリーのメモリに「サルベージしますか？　Y／N」と示され、彼女は迷わず「YES」を選んだ。

『お会いしたかった……お伝えしたいことが……ずっと……』

そして……保存は完了した。

☆　☆　☆

一通り社会常識を憶えただろうと、一輝はイーリーを外に連れていこうと考える。

そのためには如何《いか》にもアンドロイドという格好はマズいわけで、イーリーを着替えさせなければならなかった。決してそれ自体が一輝の目的だったわけではないが。

イーリー用の衣服には、ユニセックスっぽいデザインのカジュアルウェアを選んだ。

下着については、ブラジャーはノーブラで我慢してもらうということで、ショーツだけは深夜のコンビニで調達した。ウブな一輝にとってその行為はまさに冒険と呼べるほどの勇気を必要としたはずだ。

「……イーリー、今日は外へ行ってみようか。でも、その前に一つ……この世界にロボットは存在しないから、この服に着替えないといけないからね」

余談だが、一輝は和歌那に対してとは違い、イーリーには『ゲート』が現実世界とゲームの世界を繋《つな》いでいることを説明済みだ。これもイーリーがまっさらな状態だったからだ。

閑話休題。一輝の指示にいつものように「はい。一輝さま」と答えるイーリーだったが、羞恥心《しゅうちしん》という概念がないのか、彼女はいきなり目の前で裸になった。

「わ〜っ！　ダメだよ、イーリー。着替えるなら、俺の前じゃなくて……」

そう言いつつ、しっかり控えめな曲線を描くイーリーの裸体に視線を送る一輝だった。

だが、一輝のスケベ心は裏切られた。童貞の一輝にとってモザイクなしで一番見たい部分、イーリーの股間《こかん》にはひめやかな茂みも複雑な形の肉の花びらもなく、それどころか一直線のスリットすら刻まれていない、のっぺらぼうのツルツル状態だったのだ。

（なぜだ……なぜなんだぁぁぁ！　あっ、そうか。『Clockwork Emotion』は全年齢推奨の一般ソフトだった。エロなしなんだから当然アソコもなしってわけで……トホホ）

「……どうかしましたか、一輝さま？　何かガッカリしているようですが」

「いや、別に……とにかく着替えてくれるかな、イーリー」

落胆を見せる一輝に一つだけ救いがあった。

それは、ショーツを身につけたイーリーの姿はその下の秘所を想像させるもので、それなりにスケベ心が満足したことだった。

☆　☆　☆
「あっ、一輝さま。あれはなんなのですか？」

街に出たイーリーは知らないことや興味深いことを見つけると、間髪入れずに一輝へと質問を投げかけた。

ゲーム内では外に出た経験のあるイーリーだったが、何しろそこは人間並みのロボットが存在するSFチックな世界なので、現実とはいろいろ違うのだろう。

丁寧にイーリーの質問に答えてやる一輝にも困ったことがあった。何かに興味を持つとそれに反応してセンサーであるウサ耳がピョコンと立ち上がってしまい、それを隠すために被《かぶ》らせたニット帽が飛ばされてしまうことだ。

（でも……そんな様子がまた愛らしいんだよなぁ）

心中で悦に浸る一輝も、少しイーリーを落ち着かせようと公園内のカフェに立ち寄った。

しかし、そこでもイーリーの質問攻めは続く。

座った席がテラスにあったため、公園の木々が作る木漏れ日がチラチラと踊るようにその髪や頬《ほお》に光の粒を撒《ま》き散らす中、イーリーは考え込むような表情を浮かべて言った。

「……人間は不便に感じないのですか。頻繁に食事や水を摂取しなければならないのが」

「確かにロボットのエネルギー補給は簡単だよな。でも、美味《おい》しいものを食うのは楽しいし、第一、心地良いってもんさ」

「心地良い……のですか？　それはどのような感情なのですか？」

簡単なようで難しいイーリーの質問に、今度は一輝が首を傾げる番だった。「そういうもんなんだよ」とか適当に誤魔化《ごまか》さないのが、一輝の美点の一つであろう。

そして、そんな一輝に育てられたイーリーだからこそ、彼を困らせてしまったのを気にしたようだ。補足というか、一歩進んだ質問を重ねる。

「空腹は生命の危険に繋がりますし、味覚は毒物を感知するのに役立ちますから……要するに、生命の安全を保障された感情がその心地良さなのでしょうか？」

「う〜ん、心地良さは体だけの問題じゃあ……例えば、今こうやってイーリーと話しながらだと、いつものアイスコーヒーより美味しく思えるんだ。心が味覚に影響するんだな」

「私と一緒にいることが、味に関係するのですか？　人間にとって、感覚とは単なるセンサーではないのですね……」

表情に困惑の色を浮かべるイーリーに、一輝は「食欲とかの欲望ってのは、ある意味、心の癒しでもある」と別のアプローチをしてみるが……。

「……欲望を持たないロボットの私では、人間を理解できないのでしょうか」

「えっ……いや、そんなことはないかと……」

しょんぼりとうつむいたイーリーの頬にサラサラのピンクの髪がかかり、ドキッとするほど一輝には可憐《かれん》に見えた。そして、この憂いの姿こそがイーリーの成長だと彼は感じる。

「あのさ、イーリー。人間同士だってなかなか心を通じ合わせるのは難しいんだよ。何を隠そう、俺だってそういうことってあるよ」

「一輝さまも……ですか？」

「うん。でも、イーリーが今みたいに人の心が知りたいって思うなら、それはきっと分かるものさ。そういうもんだと俺は思う」

「はい。一輝さま」

イーリーがニッコリと微笑《ほほえ》んだ。この瞬間こそ一輝と心が通じ合ったことだとイーリーが理解できたかどうかは分からないが、今の笑顔が極上のものなのは間違いなかった。

そんな二人きりの時間に、思わぬ横槍《よこやり》が入る。

「一輝さま……か。珍しい呼び方だな」

二人の背後からいきなりそう声をかけてきたのは、セーラー服姿の少女だった。

その少女が以前に自分の部屋を監視していたことなど知らない一輝にとって、この遭遇は単なる初対面でしかない。せいぜい（確か、あの制服って沿線にある女子学園の……）と思うくらいだった。

しかし、少女の冷徹な眼差《まなざ》しに不穏なものを感じて、イーリーは怯《おび》える。それを見ては一輝も黙っているわけにはいかない。

「君さぁ、今の言葉は失礼だろ。俺はともかく、このイーリ……いや、彼女にしたら」

「その子……お前が呼び出したのか、この世界に」

「なっ……！」

少女のその指摘には、一輝も驚かずにはいられず絶句した。

(まさか……この女の子はイーリーがゲームの中から呼び出されたって知ってるのか？)

一輝の動揺を無視して、少女は質問の矛先を今度はイーリーに向ける。

「あなたは、どこの世界から……」

「変なこと聞かないでくれっ！　行こう、イーリー」

テーブルに勘定を置くと、一輝はイーリーの手を引いてこの場から足早に立ち去った。

ロボットは人間の質問には正直に答えなければならない。あのままでいたら、おそらくイーリーは自分がロボットであることも、ゲームの世界から『ゲート』を通って呼び出されたことも全て話してしまっていたはずだ。だから、一輝は逃げ出したのだった。

少女は一輝たちの後を追いかけることなく、ウエイトレスに「トマトジュース…」と注文を告げると、席についた。そして小さく呟く。

「あの男……欲望のままに力を使うようなタイプではないようだが……なんであれ、問題が起こる前に私は『扉』を閉じなければ……」

いつの間にか厚い雲が立ち込めたせいで木漏れ日が消え、カフェの席にいる少女の顔には生い茂る葉がただ影だけを落としていた。

☆　☆　☆

「……一輝さま。あの女の子は何を知っているのでしょうか」

部屋に戻ってくるとすぐに、イーリーは湧《わ》きあがる不安をそのまま口にした。

初めてのお出かけというせっかくの楽しいイベントをこのままでは台無しにされかねないと、一輝は話題を全く別の方向へと強引に軌道修正する。

「そうだ、イーリー。そろそろ新しいパーツを増設しよう。さ〜て、どんなパーツがいいかなぁ。両腕にマッサージ機能をつける、なんてのも……イーリーは何か希望、ある？」

「いえ……私は一輝さまが選んでくれるものでしたら何でも……」

一輝の思惑は功を奏し、イーリーの顔から不安が消える。尤《もっと》も、それは新しいパーツが嬉しいのではなく、一輝の気遣いを感じたのだろうが。

ともかくも早速、一輝は一旦《いったん》『ゲート』を開いてイーリーをゲームに戻すと、ゲーム内の主人公、拓海をパーツショップに向かわせた。

「あれ？　このパーツはなんだ？　前にオールクリアした時にも見たことないぞ。もしかして、隠しアイテムか？」

そのパーツの名称は『淑女端子』といい、「ロボットの女らしさを増す」と説明があるだけの怪しさだったが、そのネーミングに惹《ひ》かれて一輝は拓海を使いイーリーに装着した。

「ん？　これは……『イーリーは淑女端子を装着した』……これだけかよっ！　普通は新たなパーツを装着した場合、その説明も兼ねて一枚絵のCGが表示されるはずなのに……」

すぐに『ゲート』を開いて、一輝は新しいパーツ『淑女端子』の感想や機能等をイーリーに聞いてみたが、彼女は珍しく煮えきらない反応を見せる。

「装着部位は……その、か、下腹部です……機能は、まだ使用していないので……」

「イーリー、どうしたの？　なんか妙にモジモジとして落ち着きがないっていうか……」

「違うんです。どこも調子は悪くありません……ただ……あまり一輝さまに体のことを尋ねられるのは……恥ずかしいんです」

イーリーはそう言うと、パッと顔を覆い隠した。

新しいパーツ、『淑女端子』の機能は依然として未知だったとはいえ、イーリーの恥じらうその姿だけで一輝には充分満足だった。

☆　☆　☆

そして……スリープ状態、一日分のデータが長期記憶ライブラリへ保存される時間において、イーリーが見る夢はその日も続いていた。

本人以外では唯一の夢の登場人物、科学者の青年が作業台の上の彼女に話しかける。

『……おめぇになら、きっと人の心が理解できる……俺も鼻が高ぇってもんだぜ！』

『私も……嬉しいです……さま……』

『おめぇは俺の相棒だ。一緒にどんどん成長していこうぜ。ずっと一緒にな！』

『一緒に……ずっと……』

そこで本日の保存は終了した。

スリープ状態であるはずのイーリーの口元が、小さく微笑みを刻んでいた。

☆　☆　☆

警戒すべき存在、謎《なぞ》のセーラー服の少女の登場により、イーリーとの外へのお出かけをなるべく自粛していた一輝だったが、その日だけは別だ。

「わあ……一輝さま、大勢の人ですね。でも、男の人ばかりなのはなぜですか？」

「えっ……まあ、その……そういうもんなんだって」

その日、一輝はイーリーを連れて湾岸の見本市会場、そこで開催されるゲームショーへとやってきていた。

きっかけは、衛司のバイト先であるゲーム会社『Ｕｂｉｋ』がプロモーションのスペースをそこに出していることによる。衛司からのお誘いにプラスして、コスプレが氾濫《はんらん》するその場所ならイーリーの存在も目立たないだろうという計算が一輝にはあった。

「まっ、俺の育てたイーリーをゲーマーたちに見せたいって気持ちも少しあるかな」

「えっ？　何か言いましたか、一輝さま？」

「あっ、いや、別に……おっ！　やっぱ結構いるな、イーリーのコスプレは」

自分と同じ姿のコスプレーヤーたちを目にして、「あの人たちもロボットなのですか？」と見当違いの驚きを見せるイーリーに、一輝はコスプレの何たるかを解説してやった。

「というわけで……まぁ、要するに、イーリーは人気者だってことさ」

「えっ、私が、ですか？　そんな……何か、恥ずかしいです」

困ったような嬉しいような、複雑な表情を浮かべる極めて人間臭いイーリーに、一輝はしみじみと感慨を覚える……時間は与えられなかった。本物だから当たり前なのだが、並み居るコスプレーヤーの中でもダントツに似ているイーリーに、カメラ小僧たちが集まってきてしまったのだ。

「は～い、目線、こっちにくださ～い」

「そうそう、可愛く笑って～。ポーズ取って。これ持って」

たちまち異様な熱気を発散する人だかりとカメラレンズの砲列が、イーリーを中心に完成する。初めはその状況を一輝も誇らしく思っていたが、一部の野郎どもが床に寝そべるようにしてイーリーのパンチラを狙《ねら》うに至っては別だ。

「気持ちは分からないでもないが……イーリー、退散するぞっ！」

まるで前回のお出かけをなぞるように、またも一輝はイーリーの手を引いて逃げ出す破目になった。

☆　　☆　　☆

「……なるほど。ここんとこ付き合い悪かったのはそういうことだったのか。うん、うん」

一輝とイーリーを前に、衛司がニヤニヤしながら一人勝手に納得する。

ここは会場の一角を占める企業スペース、その中にある『Ｕｂｉｋ』のブースに、カメラ小僧たちから逃げ出してきた一輝とイーリーはいた。

「一輝もやるもんだな。そのコと門倉……つまり、二股《ふたまた》ってわけだろ？」

イーリーの存在に、衛司はどんどん想像の翼を羽ばたかせていく。

「ちょっと待て、衛司。別に二股とかそういうわけじゃあ……」

「おいおい、じゃあ、まだ他にもいるってのか？　う〜む、侮りがたし、織本一輝！」

衛司の指摘は、和歌那という存在を考慮するとあながち的外れでもない。

「だから、違うっつーの！　ちょっとこっち来い、衛司」

このままだと確実にイーリーから「二股とはなんですか？」といった類《たぐい》の質問が出るわけで、それを恐れた一輝はブースの隅に衛司を連行する。そこには、イーリーのことを紗夜には口止めしておいてもらおうと頼む意図もあった。

だが……今の事態が些細《ささい》なものにすぎないと思えてくる情報が衛司からもたらされる。

「まさか、一輝が彼女にコスプレさせるような奴《やつ》だとは思わなかったよなぁ。あっ、

『Clockwork Emotion』っていえば、隠しアイテムの『淑女端子』って知ってるか？　ちょっとエッチなCGが見られる特典つきのアイテムなんだけど」

「ああ、あれか。俺を舐《な》めるなよ、衛司。でも、エッチなCGはまだ見ては……」

「まあ、一般ソフトだからそんなに過激なもんじゃないぞ。それに『淑女端子』を使うとバッドエンド決定らしいから、どちらかっていうと地雷アイテムだよな」

「へぇ、そうなんだ……って、えぇ～～～っ！」

一輝は驚愕《きょうがく》のあまり、目眩《めまい》がしそうになった。

ゲームソフト『Clockwork Emotion』にとってバッドエンドとは、すなわちイーリーの解体、廃棄処分に他ならなかったのだ。

☆　☆　☆

一輝が知った最悪の事態にシンクロしたかのように、イーリーがスリープ状態で見る夢にも変化が起きた。

ライブラリの中には、積み重ねられた日常が緻密《ちみつ》な枝を伸ばし濃く葉を茂らせるように情報として整理され……一部は落ち葉のように消去されていく。

しかし、消去されたはずのデータがサルベージされ、ロードされることもある。

それがイーリーの見る夢であり……この時も一つのデータが……なぜか淋《さみ》しいと感じるデータが……。

『なぜ？　なぜなの？』

彼女が問いかけた相手、いつも生気に溢れていた科学者の青年の顔に苦渋の色が浮かぶ。

彼の作業する手は、明らかにロボットの解体のために動いていた。

さまざまな工具が彼女の体を抉《えぐ》っていく。接続を立ち切られた駆動部品は次々と外されていく……。辛うじて残っているセンサーが青年の姿を映した。光るものが頬を伝いそうになって、慌てたように首にかけたタオルで乱暴に顔を拭う、その姿が。

『ああ……もう、私の形が……ずっと一緒って……相棒だって……なぜ……？』

イーリーのメモリに「消去しますか？　Y／N」と示された。

若干の躊躇《ため》らいの後、「NO」が選ばれ、保存は完了した。

☆　☆　☆

《淑女端子イベントのCG、恥じらいつつもエッチなイーリーに萌《も》え〜。でも分解されるイーリーに泣き〜》
《ラスト、急に鬱《うつ》ゲーになったかとオモタYO。いくらバッドエンドだって、あの最後はヒデー。ウツ打汁脳》
《ジーさんに解体されるイーリーのつるぺたボディにハアハア。逝《い》ってきます》
バッドエンド回避の方法を一輝はネット上で検索していたわけだが、結果は以上のようなもので有効な解決策は一つも見つからなかった。

イーリーには不安を悟られないよう、ゲームショーの後もいつものように振る舞っていた一輝も、ゲーム内においてバッドエンドに続くであろうロボットコンテスト開催前日になってはそうもしていられなかった。

コンテスト直前で『ゲート』を開いてイーリーを現実世界に呼び出した一輝は、バッドエンド決定について彼女に話す決断を迫られる。

「イーリー、話があるんだ。実は……」

一輝の言葉はそこでフリーズしてしまう。彼の弱点、決断力に欠けるところが出たのだ。

しかし、もう『考えとく』時間もないし、問題を先送りにすることもできない。

一輝が迷いを振り切ろうとした時、それより先にイーリーが口を開いた。

「一輝さま……私、考えたんです。コンテストを終えたら、もう『ゲート』を通ってこちらの世界に来るのはやめようと思っています」

「どうして……イーリー、どうして急にそんなことを……!」

思いもよらなかったイーリー、の言葉に、つい声を大きくしてしまう一輝。それとは対照的に、イーリーは淡々とした口調で説明する。

「私の造られたゲーム内の世界には、戦争も軍隊もありません。でも、もしも私の体を一輝さまのいるこの世界で調べられ、そしてロボットが造られたらおそらくは……」

「あっ……そうだな。たぶん、ロボットは人間同士の戦いに利用されて……」

一輝の脳裏によぎるのは、人間では到底不可能な精密さと残虐さで敵を殺し続けるイーリーと同じ姿のロボット……その光景は絶対に見たくない想像だった。

技術的には『Clockwork Emotion』の世界での科学は魔法のようなもので、現実世界でのロボット製作は不可能なはずだ。しかし、手段はある。一輝の『ゲート』の力を使ってゲーム内で造ったロボットを外へ呼び出すという手段が。イーリーの恐れているのは、まさにそれだったのだろう。

「ですから……今までのように『ゲート』を通って私が二つの世界を行き来するのは、大変に危険だと思うのです。この世界にとっても、一輝さま自身にとっても……」

「俺にとっても……?」

「はい。以前にカフェで話しかけてきた女の子がいました。おそらくあの人は『ゲート』の存在も私の正体も分かっていて……あれは一種の警告だったのではないでしょうか」

育ての親の自分を軽く乗り越えるイーリーの分析力と理解力、その成長ぶりに感銘を受ける一方、一輝は思う。(もしかして、イーリーはバッドエンドの件も既に知っているのでは)と。その考えが当たっていることを、次のイーリーの言葉が証明した。

「コンテストが終わったら、もう一度だけこちらの世界に呼び出して下さい。結果の御報告と……お別れを言うために」

(これは強制イベントなんだ……逃れられないんだ……仕方のないことなんだ!)

ゲーム内に『ゲート』を通って戻っていくイーリーを見送りながら、一輝は必死にそう自分を納得させていた。決して納得することはできなかったが。

☆　☆　☆

そして……。

「ごめんなさい、一輝さま……私、上位入賞できませんでした」

再び『ゲート』を通って現実世界に出現したイーリーのその言葉が、結果の全てだった。

実際にゲームをプレイしていた一輝にもそれはもう分かっていた。何度もセーブ&ロードをして、それでもコンテストで上位入賞できない徒労を繰り返したことで。

実際にバッドエンド決定となっては、もう一輝も（これも強制イベント……）などと自分を誤魔化してはいられない。

（このままゲームを再開してしまうと、すぐにイーリーの解体シーンに……たとえ二度とゲームを再開しなかったとしても、死刑執行を待つ囚人のような気持ちをずっとイーリーが持ち続けるってわけで何の解決にもならない……ちくしょー、どうしたらいいんだ！）

一輝はやりきれない気持ちを怒りに変えて、ゲーム内のキャラにぶつける。イーリーをその手で解体する張本人、主人公の拓海の祖父、真造博士に対して。

「くそっ！　もともと真造じーさんが孫の拓海にあんな条件をつけたのが悪いんだ。自分だって昔、対人能力に重点を置いた『Ne1』とかいうロボットを造ってたくせに……そ

うだ！　こうなったらぁのジジイを『ゲート』の力でこっちに呼び出してボコボコにして

でも……いや、説得できれば……」

「いいえ、一輝さま。それは私の役目ですから」

そうキッパリと言い放ったイーリーは、続いて隠されていた事実、ゲーム的には裏設定のような話を語り始める。

「最近になって思い出したのですが……私は昔、呼ばれていました……『Ne1』と」

「えっ……？　急に何を……イーリーが『Ne1』？　でも、『Ne1』はとっくの昔に解体されて……あっ！　そういえば、イーリーには確か『Ne1』の部品も……」

「人間風に言えば、生まれ変わり、でしょうか。私のメモリの中に『Ne1』の記憶が保存されているのです。それがスリープ中にサルベージされて……最初は夢かと思っていました。でも、私はロボット。あれは夢ではなく、『Ne1』の記憶だったのですね」

イーリーは淋しそうな笑みを浮かべた。ロボットが夢を見られないという現実に対してなのか、それとも『Ne1』の記憶によるものなのか、一輝には分からない。分かるのは、それが今までイーリーが見せたことのない、大人《おとな》びた表情だということだけだった。

黙って耳を傾けている一輝に、イーリーは『Ne1』が解体された経緯も説明する。

全ては国家による実験計画のスケジュールと予算の調整が原因で、更に高価な部品が使われていた試作機の『Ne1』を再利用するためには解体する必要があったのだ、と。

「まだ若き頃《ころ》の真造さまもさんざん悩んだ末、最後に『Ne1』を試されたのです。『解体されては困るか？』と尋ねることで。その時に『Ne1』は『困る』と答えました。でも、それは真造さまが望んでいた答えではなかった……だから、失望した真造さまは『Ne1』を……」

「失望って……誰《だれ》だってそう答えるだろうが！　解体されたくない、って」

イーリーは静かに首を横に振ると、真造の真意を語る。

もしも、『Ne1』が真造の立場を考えてそれを察してくれれば、「解体されても構わない」と答えてくれたはずだ、と。『Ne1』がそう答えてくれれば、人間に近いロボットを造る夢に失望せず、そうなれば解体しないですむ道も見つけられたかもしれない、と。

「そういうことだったのか……えっ、ちょっと待てよ。イーリーがそれを知ってるってことは、『Ne1』も真造じーさんの考えは理解してたんじゃあ……」

一輝が抱いた疑問に対して、先程とは逆にイーリーは頷いた。

「その通りです……『Ne1』は怒ったのです。心が通じていると思っていたのに、その心を試すようなことをされて。それに国からの解体命令はおそらく変えられない。ならば、自らの無力さを知って真造さまが悲しむくらいなら、失望する方がいいと」

今の話から、一輝は『Ne1』のもう一つの気持ちも感じ取った。

（「解体されたら困る」という言葉もやっぱり『Ne1』の本心だったんだろうな。ずっと真造と一緒にいたかったはずだ。今の俺がそうであるように……)

「……お互いに自分の気持ちを言葉にして、心を伝え合っていればよかったのでしょうね。もしもそれで解体されたとしても、『Ne1』は喜んでそれを……私はそう思います」

「言葉にして伝えていれば……か」

紗夜に自分の気持ちをはっきりと伝えられないままの一輝にとって、それは耳に痛い言葉であった。だが、今はそれを後悔している場合ではない。まさに今、一輝の中には言葉にすべき気持ちが存在していたのだ。

「だから、私は真造さまに『Ne1』の心を伝えてみます。ロボットにも心があると理解して頂ければ……そうすれば、きっと私の解体も思いとどまって下さると思います」

自信に満ちたイーリーの決意だが、そこに絶対ということはない。その事実が遂《つい》に一輝に自分の気持ちを叫ばせた。

「ダメだ……行くな、イーリー!」

今まで数多くの死をゲーム内で見てきた一輝も、これから訪れるかもしれないイーリーの解体という死をフィクションの世界の出来事として受け入れられなかった。

「このまま、こっちの世界で俺と一緒に……そうしよう。それが一番いいんだ!」

もう離すもんか、とばかりに一輝はイーリーを腕の中に抱きしめる。

しかし……イーリーはロボットとしてのパワーを使って、その腕からスルリと逃れた。

「一輝さま……それは命令ですか？」

「えっ……違うよ！　俺の望み、俺の願いなんだ！」

「でしたら、私もお願いです……一輝さま、私を止めないで下さい」

一輝は口の中で小さく「イーリー……」と呟いた。彼の敗北であった。

そして、イーリーにはもう一つ『お願い』があった。

「一人の女の子として、一輝さまの思い出に残りたいのです。私……『淑女端子』を装着して頂いて、本当の意味で女の子のロボットになったのですから」

イーリーがミニドレスを脱ぎ捨てると、その股間にはくっきりと深いスリットが……女の子の部分が存在していたのだ。

いくら隠しアイテムとはいえ、一般向けソフトである『Clockwork Emotion』において、『淑女端子』にそのような効果はないはずだ。真の意味で成長を遂げたイーリーだからこそ起きた奇跡といったところだろうか。

「一輝さま……私を抱いて頂けますか？」

そう問いかけたイーリーの唇は、緊張で強張《こわば》り微《かす》かに震えていた。

その震えを重なった一輝の唇が止める……いや、彼のそれもやはり震えていた……。

☆　☆　☆

真っ白とはいかないが一応清潔なシーツの上に、一輝は全裸のイーリーを横たえた。

イーリーの小柄で幼い印象のスレンダーな肢体は、肉づきが薄いのにあばらすら浮いて見えず、それが一輝に神聖なものだと感じさせる。だからといって、いつまでも見ているだけとはいかない。ほんの少しだけ膨らんだバストの頂点にポツンと飾られた小さな小さな乳首にそっと口付けして、一輝はイーリーの滑らかな肌に埋没していく。

「んんっ！　一輝さま……キスとは口と口だけのものではないのですね……はうぅっ！」

一輝の控えめな愛撫《あいぶ》にも、イーリーの体はどんどん柔らかくなり温度を上げていく。

こんな時に「一輝さま」と呼ばれては、一輝の中のオスとしての征服欲が刺激されてしまい、躊躇っていたイーリーの股間へも手を伸ばした。そこは体のどの部分よりも熱く火照り、薄い肉の花びらがぽってりと充血してほころび、ぬめる蜜《みつ》に濡《ぬ》れそぼっている。

「イーリー……すごく濡れてるよ……分かるかな、これがどういうことなのかが」

「はい……これも『淑女端子』のおかげなのでしょうか、教えられていないのに、私、分かります……私、感じているのですね、一輝さまの愛撫で……は、恥ずかしいです」

顔を真紅に染めたイーリーが恥じらいから身をよじったことで、一輝の指がヌルリと秘裂の中に沈んだ。ぷりぷりした襞《ひだ》が指に絡みつき、更に奥へと誘い込むように締めつける。

その誘いに乗った一輝は蜜を湛えたスリットをかき回しながら、花びらの合わせ目から頭をもたげてきた愛芽、小さなクリトリスもそっと転がす。

「はぁああ～っ！　あっ、ああ……一輝さま、私……私、変ですぅ。溶けちゃいそうなんですぅ！　物理的に考えてそんなわけはないのに……一輝さまぁ！」

腰をせり上げるように仰《の》け反《ぞ》らせ、イーリーは快美を訴える。そのピンク色の髪がシーツの上に乱れて広がり、センサーであるウサ耳が快楽の要因を探してピクンピクンと動く。

その愛らしくも煽情的《せんじょうてき》な痴態に、童貞卒業間近の一輝が耐えられるわけはなかった。

「イーリー……入れるよ。そのぉ……俺とイーリーで一つになるんだ」

返事を聞く前に、一輝の男根はもうイーリーの幼い佇《たたず》まいの女陰へと沈められていた。

「はぁ……んっ！　一輝さまが……一輝さまが私の中に……！」

処女膜が存在していなかったのは、果たして一輝とイーリー、どちらに対してより幸運なことだったのか。

ともかく、ゆっくりとだがすぐに一輝は腰の抽挿《ちゅうそう》を始める。それと同時に、あどけない顔立ちに不似合いな艶《つや》めいたイーリーの喘《あえ》ぎ声と、ペニスを包み込んでいる熱く濡れた肉襞がざわめくようにそよぎ始めたことが、一輝に強烈な快感を経験させる。

(これがセックスなのか……想像以上に気持ちいい！　何も考えられなくなっちゃうよ)

経験不足の一輝の勃起《ぼっき》はみるみるうちに限界へと達し、背筋を駆け上る激しい脈動そのままに男根がビクついて大量の精液を爆発させた。

「ひゃぁああんっ！　熱い……です……このネバネバしたものが一輝さまの……」

これもまた経験不足から、射精の瞬間に一輝の男根は抜けてしまい、イーリーの体のあちこちに白濁の飛沫《しぶき》をかけてしまった。結果的には膣外《ちつがい》射精なわけだが、おそらくイーリーには妊娠の危険がないだろうから、やはり一輝は未熟だといえる。

ぐったりと脱力して、一輝はイーリーの横に体を投げ出した。少しして、イーリーが甘えるようにその一輝に抱きつく。まだ硬く尖《とが》っている乳首をこすりつけるようにして。

「大好き、お兄ちゃん……どうでしょうか、こんな感じでは」

イーリーはワザと舌足らずな口調でそう一輝をからかうと、クスクスと笑った。

「だから、俺にはそんな趣味は……え〜い、そういう子にはお仕置きだぁ〜っ！」

一輝もワザと少し乱暴にイーリーの体を裏返して、四《よ》つん這《ば》いにさせた。続いて、「きゃあっ！」とはしゃぐような悲鳴を上げて応じるイーリーのお尻を掴《つか》んで、一気に男根を秘裂に突き立てていった。

「あぁぁあっ！　んんっ、一輝さまぁ、中で一輝さまが暴れてますぅっ！」

「まだまだ、これからだよ。イーリーをもっともっとイヤらしくしてやるからね」

イーリーの片足を抱え込むようにして固定すると、一輝は締めつけてくる膣壁を抉るように思いきり勃起を突き込んだ。激しいピストン運動に責め立てられるイーリーは立て続けに軽い絶頂に上り詰め、体をくねらせてよがり声を上げた。そのはしたない声に驚いて口にシーツを咥《くわ》えるが、そこにも涎《よだれ》が大きく染みを作る。

二回目の余裕か、一輝はイーリーをじっくり観察する。桜色に紅潮してのたうつ細い体を……男根を咥え込んでうねうねと蠢《うごめ》く無毛の秘裂を……そして、イーリーの歓喜を表すように完全に頭を露出して真珠色に光っているクリトリスを目にした時、一輝は精を放った。今度はしっかりとイーリーの胎内へと。

「はぁああああっ！！！　はあはあ……一輝さまの赤ちゃんの素が私の中に……」

（まだ離れたくない……イーリーを感じていたいんだ！）

その思いに応《こた》えて、持続力には欠けるが回復力は抜群の男根が膣の中で勢いを取り戻す。

一輝はイーリーのうなじに舌を這わせながら体を起こし、座った膝《ひざ》の上にほっそりとしたその体を抱え上げた。そして、すぐに抽挿が再開される。

「一輝さまぁ、私、なんだか嬉しくて……せつなくて……私、どうしちゃったのでしょう」

「イーリー、それが心地良いってことだよ……それが前にイーリーの求めてた答えさ」

一輝の言葉は、以前にイーリーがカフェで投げかけた質問の件を指していた。

「これが、心地良いということ……分かります。一輝さま、私、分かりますぅっ！」

「俺はイーリーとしてるから、こんなに心地良いんだ。イーリーが好きだから……！」

「私も一輝さまだから……ですから、もっと、もっと……心地良くして下さいぃぃぃっ！」

イーリーのおねだりに、一輝の腰が彼女を高く飛ばそうとするように激しく突き上げられた。イーリーの方もクリトリスを押《お》し潰《つぶ》すように股間をすりつけて、それに応える。

それから二人は何度も何度も絶頂を極めた。一輝は、この後すぐに訪れるかもしれないバッドエンドを忘れて。イーリーは自分がロボットであることを忘れて。

やがて……硬さを失った男根が抜け落ち、秘裂から溢れる精液と愛液がイーリーの股間から一輝の下腹部へと滴る中、二人は重ね合わせたスプーンのようにぴったりと寄り添っていた。お互いの体が溶け合うような安らぎを感じながら。

☆　☆　☆

その後の展開、イーリーが『ゲート』を通ってゲームの中の世界に帰ってからのことは、ある意味、蛇足にすぎなかったのかもしれない。一輝と体を重ね心を通わせることのできたイーリーが真造博士の心を動かせないわけはないのだから。

……ここは、真造博士の作業室。

真造「フン、約束は約束だ。どの道、能力の劣るロボットはこうなる運命なんだからな」

鍵《かぎ》をかけて閉ざしたドアを通して、「ジッちゃん、やめてくれよっ！」と叫び続ける拓海の声を無視して、真造博士はイーリー解体のための工具を用意する。

イーリー「果たして、そうでしょうか？　能力の優劣で価値が決まるのでしたら、人間の場合もそうだと……真造さまは拓海さまのこともそのように考えておいでなのですか？」

真造「けっ、屁理屈《へりくつ》をぬかすんじゃねぇ！　おしゃべりなロボットだぜ」

イーリー「それに……私はコンテストではかれないものをいっぱい教えてもらいました。拓海さまから……そして、大切なあの人からも……」

それでも、真造博士はイーリーの言葉に全く耳を貸さない。『Ne1』のことを話しても「ロボットに心は持てねェんだよ！」と、彼はひたすらイーリーの解体を主張し続ける。

だが、次のイーリーの言葉が、真造博士の頑《かたく》なな心を溶かした。

イーリー「……真造さまは昔、おっしゃいました。『お前は私の相棒だ。一緒に成長していこう』と。あれは嘘《うそ》だったのですか？」

真造「嘘なんかじゃねえ！　あの時、俺は本気で……なっ……おめぇ、なぜ、それを……あれは俺と『Ne1』しか……ってぇことは、本当におめぇの中には『Ne1』が……」

イーリーは真造博士に全てを語る。

『Ne1』が心を持っていたことを……真造博士を悲しませないようにワザと「解体されたら困る」と答えたことを。そして……。

イーリー「……『Ne1』が本当は真造さまとお別れしたくなかったように、私も拓海さまとずっと一緒にいて……一緒に成長していきたいのです。だから……」

真造「へっ！　軽々しく『成長』なんてぬかすな！　そんな甘っちょろいもんじゃあ……まあ、しゃあねぇな。心のあるロボットを解体するわけにはいかねぇよな」

こうして、イーリーの解体は中止となった……。

☆　☆　☆

「よかった……本当によかった……やっぱ、イーリー、お前ってすごいよ。最高のロボット……いや、俺には勿体《もったい》ないくらいの女の子だ」

一輝はモニター上のイーリーに向かってそう話しかけてみた。『ゲート』は開いていなくてもそれはイーリーに届いている……そんな気がしていた。

ゲーム内では、本来は存在しないエピローグのエピソード、新たに『心を持ったロボット』の製作に取り組む拓海とイーリーの様子が綴《つづ》られていた。

拓海「そうか……つまりはこういうことだな、イーリー。ロボットに心を持たせるには、一緒にいる人間も成長しなきゃならないってわけだ」

イーリー「はい。ですから、私と拓海さまも、これからもっと成長していくんです」

拓海「てやんでぇ、負けねぇぞ、イーリー。それに……ずっと一緒だぞ、オレたちは」

イーリー「はい。拓海さまは私の相棒ですから」

……と、そんなやり取りで『Clockwork Emotion』は一輝限定特別仕様ともいえるエンディングを迎える。

「相棒、か……そうだぞ。飽くまでも相棒だからな。可愛い奥さんとか、ラブラブとかじゃないんだからな。そこんとこを勘違いするなよ、拓海！」

イーリーの幸せな様子を嬉しく思いつつ、やはりちょっとだけ拓海に嫉妬《しっと》してそんな憎まれ口を叩いてしまう一輝であった。

# ファイル3 『学園ますかれーど』

「……チェッ、衛司の奴《やつ》はそんなこと少しも匂《にお》わせてなかったのになぁ。まあ、珍しいことじゃないんだけどさ」

アパートの部屋に帰宅した一輝は失望の中にいた。

ゲーム業界にはよくある話の発売日延期というイベント……もとい、不測の事態のせいで本来の発売日のこの日、一輝は『夜行探偵2』を手に入れられなかったのだ。

「あ～あ……こんなことならカラオケの誘い、断らなきゃよかったよ」

愚痴をこぼしつつ、自然と一輝はパソコンの前に向かう。

イーリーがヒロインである『Clockwork Emotion』をいろいろな意味においてクリアして以来、一輝は『ゲート』の力を使っていなかった。

イーリーとの思い出を大切にしたい気持ちもあっただろう。セーラー服を纏《まと》った謎《なぞ》の少女の存在も気になっていたのは確かだ。しかし、最も大きな理由は『夜行探偵2』の発売日を、和歌那との再会を待っていたからだった。

(今日は和歌那さんを呼び出したら、一緒に食事でもしようとオシャレな店もセレクトしてたっていうのに……それも無駄かよっ!)

ぼんやりとモニターを眺めながら、一輝は何となくマウスを操作しフォルダの一つを無意識にクリックした。ゲームの一つが立ち上がり、重厚な音楽が流れ出すと共に、幾つもの塔がそびえる中世風の城をバックにしたタイトル画面が映し出された。

「『魔王魂～ルシファースピリッツ』……か」

一輝が立ち上げたその『魔王魂』とは、ファンタジー物のアダルトゲームだ。戦闘部分のシミュレーションにハマって一時は一輝も相当ヤリ込んだのだが、今は放置状態だった。

一輝はロードをクリックする。今度のは無意識ではない。『魔王魂』のピカレスクな主人公、『サウド』は世界を支配していく際に敵味方問わず女性キャラたちを凌辱《りょうじょく》していくわけだが、一輝の興味はその女性キャラの中の一人にあった。

「さてと……リアライジング・ザ・ゲート！　……なんてね」

アニメ風に決め台詞《ぜりふ》を唱えて、一輝は『ゲート』を開いた。

「うわああっ！　な、なんやねんな！」

モニター上に開いた『ゲート』から転がり出てきた少女は、素《す》っ頓狂《とんきょう》な声を上げた。

「うわぁ……本物のリディだ……本当に出てきちゃったよ」

狙《ねら》ってやったことなのに、一輝は驚きが先に立ってしまった。

それもそのはず、『魔王魂』のヒロインの一人、『リディ』は普通の人間ではない。パープルな瞳《ひとみ》はいいとしても、大きな角と黒い翼を持つ、亜人間のキャラなのだ。

ロボットのイーリーに続いて……といった観点で見ると、一輝の趣味は偏っているようにも思えるが、彼がリディをお気に入りにしているのは、そのエセ関西弁を駆使する弾《はじ》けた明るい性格にあった。まあ、イーリーと同様にリディもスレンダーなボディの持ち主ではあったが。

「あちゃ〜、一体、どうなってるんや。ここ、ドコやねんな？　ウチはサウド様のお城にいたはずやのに……ん？　おまはん、誰《だれ》やねん？」

きょろきょろと辺りを窺《うかが》っていたリディは、一輝に気付きマジマジと見つめる。

「お、俺は一輝。ここは俺の部屋だよ、リディ。俺が君を呼び出したんだ」

「なんでウチの名前、知ってるのん？　それに、呼び出した、て、どゆことやねん」

リディの大きなパープルの目に警戒心と微《かす》かに殺気が宿る。ゲーム内では主であるサウドの命を受けて人を殺《あや》めることもあるリディだ。慌てて一輝は説明に終始する。ファンタジー世界のリディが理解しやすいように、「自分は魔法使いだ」と。

「ふ〜ん、そうなんか。せやけど、魔法使いにしてもおまはんの服、けったいやなぁ」

アダルトファンタジー物にはつきものの、過剰に露出の多いコスチュームのリディにそう言われるのを心外だと思いつつ、一輝は「リディのいる世界と今いるここは別の世界だ」と自己弁護をする。

あまり深く考えずに「そうなんか」と納得したリディは、パタパタと背中の翼を羽ばたかせながらしばらく部屋の中を珍しそうに見て回っていた……と思ったら、唐突に一つの提案を一輝に対して持ちかけてくる。

「そうや！　魔法使いやったら、サウド様の傘下に入らへん？　一輝はんさえよかったら、まず手付けとしてどっかの国の貴族娘かお姫さんをウチが仕込んで一輝はん専用の女奴隷に……こう見えても、ウチ、閨房術《けいぼうじゅつ》には自信があるんやで」

確かに『魔王魂』の中で、リディは可愛《かわい》らしい外見に似合わず、『閨房術』、つまりはエッチなテクを得意とするヒロインとして設定されている。イベントクリアごとに次々と過激なプレイを覚え、それを使って主人公サウドに御奉仕するリディのエッチシーンで、一輝も何度お世話になったことか。

その記憶と、実際に目にしているリディの肢体……小ぶりだがはちきれそうなバスト、キュッとくびれたウエスト、むっちりした太股《ふともも》が一輝の脳をピンク色に染める。

「あのさ、女奴隷も悪くないけど……どうせなら、その……リディに御奉仕してほしいな」

そう言って、リディのお気楽な性格に乗じて欲望をストレートにぶつけてみた一輝だったが、きょとんとした顔で見返した次の瞬間、彼女はケタケタと笑い出した。

「いややわぁ、一輝はん。何を言い出すのかと思たら……けど、それはあきまへんて」

「えっ……なんでだよ?」

一輝は憮然《ぶぜん》とした表情でそう問うた。彼としては、先の要求は相当勇気を出して口にしたものだったからだ。まあ、勇気の出しどころを間違えているともいえるが。

「なんで、て……ウチの心も体もぜぇ～んぶサウド様のもんですさかいに、他のオトコ衆の自由には指一本でもならしまへん。つまりはそういうこっちゃ」

早い話が、一輝は見事に玉砕、あっさりフラれたわけだった。更にリディは続ける。

「一輝はん、オナゴっちゅうもんは、惚《ほ》れたわけでもないオトコ衆の自由にはならへん生き物なんでっせ。まっ、金で買われた女奴隷なら別でっしゃろけど」

その指摘を要約すると、「モテない男はフーゾクにでも行け！」といったわけで、一輝の胸をグサッと抉《えぐ》るように突き刺した。

「……そういうもんなのか」

「せやで。ウチはサウド様に惚れてるオナゴやさかい、サウド様に命令されればどないなクソジジイの臭いチ○ポかてしゃぶりまっせ。せやけど、それはチ○ポが好きやからやのうて、サウド様のためや。サウド様のチ○ポやと思うたら、どないなチ○ポかて……」

身も蓋《ふた》もない『チ○ポ』という卑語の連発に耐えかね、一輝は一応「ごめん」とリディに謝罪すると、『ゲート』を開いて彼女にはお帰りを願った。

ともかくも、リディに女性のことで諭された形になった一輝は一つの決意を心に秘めた。

☆　☆　☆

「あのさぁ、門倉。この前のシナリオの件なんだけど……」

専門学校での授業を終えた一輝は、珍しく自分から紗夜のいる教室へと出向いた。

一輝の決意とは、延ばし延ばしになっていた紗夜への告白だった。まずは、一度は断ったシナリオを読ませる約束を果たすという口実で、紗夜を自室に誘うところから始めた。

「そういうわけで……よかったら、とりあえず俺の部屋に……」

「うん、ＯＫ！　織本もやっと覚悟を決めたってわけね。でも、覚悟するのはこれからだよ。アタシの批評はどっかの映画監督並みに容赦ないからね」

　何度か紗夜は一輝の部屋に遊びに来ていたが、このようにはっきりと一輝から誘うのは初めてのことだ。それだけリディのアドバイス（？）が利いたというか、下世話な意味ではリディに拒まれて悶々《もんもん》としているというか……何しろ相手がロボットのイーリーだったとはいえ、もう一輝は童貞を卒業しセックスを体験してしまっていたのだ。

　そんな男心を知らない紗夜は、一輝の部屋に着くとさっさと一番座り心地のいいＯＡチェアに陣取り、プリントアウトされたシナリオを読み始めた。

「えっと……コーヒーでいいかな？」

「……うん、それでいいよ。ありがと」

ミニスカートなのに両足を座る椅子《いす》に立て膝《ひざ》した無防備な体勢の紗夜をチラチラと横目で見ながら、一輝は葛藤《かっとう》する。勿論《もちろん》、自分の執筆したシナリオの評価に関してではない。

(自分の気持ちを伝えるか否か……今、選択肢が出てる状態なんだよなぁ。でも、いきなり「好きだ」とか言うのも変だし……)

「……織本、なかなか面白いよ、これ。主人公のキャラ立ってるし、ヒロインの心の動きもよく分かるし……この先、どうなるのかすごく気になる」

「そ、そうか……それは何より……」

「やっぱさ、織本、桜田からのバイトの話、受けた方がいいんじゃない？　まっ、アタシがどうこう言うことじゃないんだけど」

「えっ？　ああ、そうだな……うん、考えとく……あっ、いや、今のは本気で考えるって意味で、別に結論を先送りしてるわけじゃあ……」

シナリオに目を通しながらも、紗夜は気を使って時折話しかけてきていたが、今の一輝はそれどころではない。

(言葉が無理ならいっそ行動で……例えば、ガバッと抱きついてそのままベッドへ……なんてできるわけないよな)

結局、一輝の迷いを断ち切ったのは、自らが絞り出した勇気ではなく、他人が彼に示したた二つの言葉であった。

一つは、イーリーが『Ｎｅ１』としての経験から学んだ言葉だ。

『……自分の気持ちを言葉にして、心を伝え合っていれば……』

もう一つは、和歌那とかわした約束だ。

『……次に会うまでの課題。紗夜ちゃんにはっきりと告白すること……』

その二つが一輝の背中を押したのだった。

紗夜に隠れて大きく深呼吸して覚悟を決めると、一輝はまず「あっ、いけねぇっ！」と如何《いか》にも今、気付いたような演技をした。

「悪《わ》りぃ、門倉。実は……もうすぐ俺、バイトの時間なんだ。でも、そのまま最後まで読んでていいよ。部屋のスペアキー、渡しておくから」

「うん……分かった」

シナリオに目を向けたまま、「行ってらっしゃい」とばかりにヒラヒラと手を振る紗夜。

しかし、一輝にとってはここからが本番だ。

「本当にゆっくり読んでていいからな。その……なんなら、俺がバイトから帰るまでここにいてくれてもいいし……そして、そのままできれば泊まっていってほしい……」

消え入りそうな声で言った最後の一節が、一輝の言いたいことの全てだった。あまりにも回りくどい言い回しなのは難ありとしても、遂《つい》に一輝は紗夜に自分の正直な気持ちを告白したのだった！

ところが……しかし……されど！

シナリオを読むことに夢中になっているのか、それともワザと聞いていないフリをしているのか、紗夜から返事はなかった。

いや、正確にいえば返事はあった。ただし、それは一輝の告白に対してのものではなく、

「……アタシ、読むの速いから、そんなに時間はかからないよ」と紗夜は告げたのだった。

がっかりしてバイトに出かけた後も、諦《あきら》めきれない一輝は都合のいい想像を巡らす。

（もしかして、帰宅したら門倉が台所で手料理を作って待っていたりなんかして……「遅～い」とか言って、可愛くほっぺたを膨らませたエプロン姿の門倉が……）

そんなわけはなかった。

バイトから帰った一輝を待っていたのは、誰もいない部屋、そして『シナリオ、丁寧に書かれていてよかったよ。次回作ができたらまた読ませるように』と記されたそっけない置き手紙だけだった。

見慣れた自分の部屋が妙に寒々しく思えて堪《たま》らない一輝は、ふと紗夜が座っていた椅子、そのお尻の置かれていた部分に頬《ほお》をスリスリしてみたが、やはり虚《むな》しいだけだった。

「現実ってこんなものだよなぁ……ゲームなら攻略法を見つけて簡単に好感度なんか上げられるのに……そうしたら、今頃《いまごろ》はきっと門倉と……」

何やら妄想し始める一輝は、その内容が容易に推測できるように視線をベッドに向けた。

その近くの壁に貼《は》られたポスターには、微笑《ほほえ》みかけるゲームキャラの美少女がいた。

「……やっぱ、俺に優しいのはゲームキャラだけ、か」

そう自嘲気味に呟《つぶや》くと、一輝は仮初めの優しさを得るため、パソコンに向かうのだった。

☆　☆　☆

事故で別人のように外見が変わった主人公、『修《しゅう》』。

彼がかつての自分、『シュウ』を苛《いじ》めた挙句に転校へと押しやった女の子たちに対して、『オサム』という偽名で近付いて誘惑し、エッチな復讐《ふくしゅう》を遂げる……それが一輝がフォルダから選んだアダルトゲーム『学園ますかれーど』のストーリーだ。

「今はまどろっこしいやり取りをする気がないから、すぐにエッチができるヒロインの方がいいよな……だったら、このコだ」

一輝は『学園ますかれーど』の数あるセーブデータの中から一つを選んでクリックした。

モニター画面に、お屋敷と呼ぶべき大邸宅をバックに広大な庭が映る。その一角に設けられたオープンテラスで優雅に読書に興じているのが、『学園ますかれーど』の数いるヒロインの中から一輝の選んだ、『明神恵美梨《みょうじんえみり》』だ。

恵美梨は大財閥の御令嬢だけに勝ち気で傲慢《ごうまん》な性格だが、実はエッチ好きの淫乱《いんらん》という設定なので、紗夜に袖《そで》にされた（？）鬱憤《うっぷん》、その他諸々《もろもろ》が溜《た》まっている今の一輝にはピッタリのヒロインだろう。

（待てよ……お嬢さまの恵美梨が俺のこの部屋でエッチしてくれるか？「このような狭苦しく薄汚い部屋、いるだけで息が詰まりますわ…」とか言いそうだよな。だったら、いっそのこと……そうだよ。それなら時間も気にしないですむ）

一輝は『ゲート』を開いて、その光の渦の中へ飛び込んだ。

今までにも試しに自分で『ゲート』をくぐってみたことはあったが、本格的にゲーム内の世界に入るのはこれが初めてのことだった。

☆　☆　☆

「わわわっ！　なんだぁ……くぅっ！　痛ってぇ～！」

ゲーム画面が俯瞰《ふかん》から見下ろす構図だったせいで空中に『ゲート』が開いてしまい、ゲーム内に入った一輝はブザマに地面に転げ落ちた。

「きゃあ！　な、何事ですの！　あなた、一体、どこから……」

地面に尻餅《しりもち》をついた体勢の一輝を、キッと恵美梨が鋭い視線で睨《にら》みつける。

（うお～っ、恵美梨だ……本物の恵美梨だよ！）

まるでビスクドールのような端麗な美少女ぶりに、一輝は思わず見惚れてしまう。実際にこうして生身として接すると、栗色《くりいろ》がかったしなやかそうな髪がすっきりとまとめられており、秀でた額がなかなか愛らしい。白い肌も陶器のようなきめ細かさだった。

「見かけない顔ね……新入りの庭師でもなさそうだし、こそ泥という感じでも……黙って

いないで答えなさい！　返答次第ではそれ相応の対応をさせてもらいますわよっ！」

突如現れた一輝を恐れる様子もなく、恵美梨は追及の手を緩めない。答えに窮した一輝は咄嗟《とっさ》に大げさな仕草で頭を抱えてうずくまってみせる。

「痛《い》たたた、あ、頭が……何も思い出せない。ここは誰？　俺はどこ？」

苦し紛れに記憶喪失を装う一輝だった。それはどう見てもバレバレの下手《へた》な演技なのだが、恵美梨は何やら含み笑いを見せる。

「それを言うなら、『俺は誰？　ここはどこ？』でしょうに。それにしても、今時、記憶喪失とは面白いこと。わたくしはてっきりお父様かお母様が……まあ、いいですわ」

恵美梨から値踏みするような視線を受けていた一輝は、ゲームの内容について思い出す。

（そういえば、海外に赴任中の両親が娘の行状を心配して、内密に恵美梨用の監視役を雇ってる……なんて設定があったな。もしかして、恵美梨は俺をその監視役の一人だと思ってるのかもしれない。ここは一つ、それに便乗しよう）

そう考え、一輝が更に「ああ、頭が痛くて何も思い出せない…」と説明台詞を口にするのを見て、恵美梨はとうとうクスクスと笑い出した。

「もうよろしいですわ。記憶がないのでは帰るところもないのでしょ？　しばらくこの屋敷に滞在なさい。そういえば……まだ名前を聞いていませんでしたね」

「あっ、その……俺は織本一輝……」

「あら、名前は名字まではっきりと……ふふふ、随分と都合のいい記憶喪失だこと」

一輝が（しまった！）と思った時はもう遅かった。恵美梨が一輝のどこを気に入ったのかは不明だが、この時点で主導権は彼女の手に握られたようだ。

（生意気なお嬢さまを屈服させて、思う存分にエッチしてやる！）

密《ひそ》かに心に描いていた一輝のそんな目論見《もくろみ》は、初手から崩れ去っていた。

☆　☆　☆

一輝に用意された部屋はどうやらゲストルームの一室らしく、高級ホテルのスイートといっても過言ではない豪奢《ごうしゃ》なものだった。

しかし、不思議なことがあった。部屋のドアにも窓にも鍵《かぎ》がついていないのだ。いや、デザイン的にはあるのだが、それは鍵としての用途を果たしていなかった。

その発見がまた一つ、一輝にゲームの設定を思い出させる。

（そうか……『学園ますかれーど』は主人公の修が復讐のためにヒロインたちの日常を探る、覗《のぞ》きの要素も不可欠だったよな。だから、たぶん鍵がないのはこの部屋に限ってのことじゃなくて……）

そこまで考えが及んだ時、一輝の中で悪魔が囁《ささや》いた。

（俺はもともとゲーム内には存在しない人物だから、ここにじっとしていても何のイベントも起きないよな……よしっ、ここは行動あるのみ！）

発想はポジティヴだったが、こっそり窓から屋敷の庭に出ていく様子を見ると、一輝の『行動』とやらはあまり健全なものではないのだろう。

いつの間にかすっかり日は落ちてしまったようで、屋敷の周囲の庭は薄闇《うすやみ》に包まれていた。初めはぐるりと屋敷全体を一回りしてみようと一輝は考えていたが、まるで道筋でもあるかのようにその足は一定の方向に向けられていた。

(これってやっぱフラグっていうか、ストーリーを進めるためにゲーム内に特殊な力が働いていていて……ってことは、この先には何かがあるはずで……あっ!)

暗い庭園の中、燦々《さんさん》とした光を放つ大きなガラス張りの建物が一輝の前に現れた。

ふんだんに飾られた瑞々《みずみず》しい観葉植物、その間にプールの如《ごと》き大きさの大理石でできた浴槽……そこは巨大なバスルームであった。

(う〜ん、覗きOKと言わんばかりのこの造りはやっぱり……おっ、これはまた、足場としては充分すぎるほど枝ぶりもしっかりした樹《き》が近くにそびえている。ここまでお膳立《ぜんだ》てされてはいくら自制心の強い俺でも……)

心の中でどう取り繕おうとも、一輝は樹に登ってバスルーム内を覗いた。と、案の定、そこにはシャワーを浴びる恵美梨の姿があった。そして、これもサービスの一つなのだろう、ガラスは湯気で曇ることはなく、恵美梨の神々しいばかりのヌードを一輝は余すところなく観賞することが可能だった。

(前にゲーム画面でも見たことがあるはずなのに……やっぱ感動が違うよなぁ。それに、恵美梨って結構、男と遊んでるはずなのに肌は荒れていないし、乳首もピンク色で……これもユーザーのニーズに応《こた》えるためってわけかな)

当然のこととして、一輝の体の一部分が硬くなり始めていた。さんざんゲームとしてのお約束を経験したせいだろうか、一輝は(どうせ、ここは現実じゃないし…)とズボンの中から取り出して一発ヌこうとする始末だった。

さすがにその醜態はあんまりだと人知を超えた存在が思ったのかもしれない。一輝がズボンのファスナーを下ろした時、その耳にガサガサッと下から別の誰かが樹に登ってくる音が聞こえた。

(この大事な時に一体どこのどいつが……あっ、もしかしたら……)

顔を見ようと一輝が下を覗いたことでまともに鉢合わせしてしまい、その誰かは驚いて樹から転落した。「ドスン!」というその落下音に、バスルーム覗きがバレることを恐れ慌てて一輝も樹から下りた。そして、一輝は樹の下で改めてその誰かと対面する。

(や、やっぱり……! ゲーム内では前髪を垂らしててよく見えないけど、マニュアルの中では見慣れているこいつは……)

まるで一輝の『ゲート』に入った瞬間を再現するように、地面に尻餅をついているその人物は、このゲーム、『学園ますかれーど』の主人公、『修』に間違いなかった。

この巡り会わせに驚きを隠せない一輝だったが、修の方はそれ以上のようで、ガタガタと体を震わせているその姿に復讐者の面影はなく、ただの気弱な少年に見える。

「き、君は誰だ！　こ、こんな場所でいったい何を……」

「おいおい、『誰だ』はいいけど、『何を』ってのは心外だな。お前と目的は一緒だよ」

修のプロフィールからその復讐という目的まで知り尽くしている一輝は、精神的優位に立ち、もう冷静さを取り戻していた。試しに、一輝が「お前、『オサム』じゃなくて本当は『シュウ』なんだろ」と告げるだけで、修はもう観念したようにガックリと肩を落としてしまう有様である。

(確か、修のこの覗きイベントが起きると、恵美梨はさんざん凌辱された上、最後には男遊びが親にバレて、牢獄《ろうごく》のように規律の厳しい外国の修道院に送られるってラストだったよな。そんなんじゃあ、恵美梨も可哀想《かわいそう》だし、ここは……)

元来、フェミニストの一輝はそう考え、修には自分のことを「恵美梨の監視役」と説明する。復讐を企《たくら》むような主人公のわりに修は意外と素直な性格で、この一輝のウソをなんの疑問も持たず信じてしまったようだ。調子に乗って、一輝は話を続ける。

「修くんよ、俺としては早いとこ、こんな監視なんて任務は終わらせたいんだ。だから、アンタの復讐に協力してやるよ。そうだな。しばらくは情報を交換し合うってことで」

ここでも修は「その話、乗った！」とあっさり承諾するお人好《ひとよ》しぶりで、一輝は心の中で（おいっ！　こんなミエミエのウソを信じるか、フツー！）とツッコミを入れていた。

とりあえずこの場から修を立ち去らせると、一輝は今後の展開に思案を巡らす。

（ここでのイベントを回避すれば、恵美梨シナリオのベストエンドにたどりつくはず……まっ、ベストといっても弱みを握られた恵美梨が修の性奴隷に堕していく、ってオチなんだけど……恵美梨はエッチ好きだから、それでもいいよな）

結構無責任なことを考えている一輝は、後に知ることになる。

自分の介入でゲームの進行が変わり始めていることを。

☆　　☆　　☆

（う〜ん……メイドさん属性のない俺だけど、なんか地味だよなぁ。これってつまり、この『学園ますかれーど』の作者もメイドに思い入れがないってことかも）

覗きを中止してゲストルームに戻った一輝は、脇役《わきやく》だけあって明らかに恵美梨より数段落ちるデザイン……否、容貌《ようぼう》のメイドと対峙《たいじ》してそんな感想を抱いていた。

メイドの用件は「汗を流してきて下さい」とのことだった。一輝が「いや、今はいい」と断ってもループして同じ言葉を繰り返し続けるため、どうやら従うしかないようだ。

場所は当然つい先程まで覗きをしていたガラス張りのバスルームなわけで、広々とした湯船の中で一輝がのんびり手足を伸ばしていると、王道の展開が始まった。

「……湯加減はどうかしら？」

その声の主は、全裸にバスタオルを一枚巻いただけの……と、一輝にとってはどこかで見たような風情の、しかし人物は当然違い、恵美梨であった。

「な、な、なんで、恵美梨が！　こんなイベント、俺の記憶には……」

「イベント？　おかしなことを言うのね、一輝は。私がここに来たのは、あなたが記憶喪失で体の洗い方を忘れていたら困ると思ってのことですわ」

そう言うと恵美梨は妖艶《ようえん》な笑みを見せながら、クイッと顎《あご》を動かして無言で一輝に命じる。まるで魔法にかけられたように、一輝は湯船を出てその縁に腰かけた。

「さあ、背中を流してさしあげますわ。それも特別製のスポンジで」

特別製のスポンジとは、海綿よりも柔らかくプリプリと弾み、コリッとした硬い感触が中心に存在するもので、一輝は恵美梨の乳房で背中を流されるという黄金パターンに突入する。

恵美梨は少しずつ一輝の背中に体を密着させていき、それと共に彼女自身も興奮するようで、花びらの如き可憐《かれん》な唇から吐き出された吐息が一輝の唇や頬をくすぐる。既に一輝の股間《こかん》がギンギンに勃起《ぼっき》していたのは、説明の必要もあるまい。

「わたくしのおっぱい、気持ちいいでしょ？　こうすれば二人とも体を洗えて便利ですわ」

「でも……恵美梨はさっきシャワーで……あっ、いや、その……」

「フフッ……やはり、そうだったのね。一輝は先程わたくしの入浴姿を覗き見していたのでしょ？　その時も、コレをこんな風におっ立てながら……！」

　不意打ち気味に恵美梨のしなやかな指が、一輝の男根をギュッと強く握りしめた。大事なムスコを人質に取られては、一輝も「はい、覗いておりました」と白状せざるをえなかった。その丁寧口調には、少し女王様の仕置きを受ける奴隷の気分が入っていた。

「わたくしがシャワーを浴びながら、おっぱいやオ○ンコを洗うのを見て……ビンビンになったチ○ポをしごいて、チ○ポ汁をひり出して……なのに、またこんなに硬くして……」

　絶妙なテクニックによる手コキに加えて、上品そうに見える恵美梨に卑語を口にされては一輝も堪らず、女の子のような切ない喘《あえ》ぎ声を上げてしまう。

「そう……一輝はわたくしの手に、ドロドロの汚らわしい精液を出したいのね？　浅ましいこと……でも、いいわ。許してあげる。ほら、たっぷりとお出しなさいっ！」

許しを得た一輝は、恵美梨の濃厚な手淫愛撫《あいぶ》にどっぷりと身を任せ、射精した。

ビュクッ！　ビュルビュルッ！　ドピュ！　ビュビュッ！

あまりの精液の量と勢いに、一輝は目を見張る。比喩《ひゆ》ではなく、彼の男根からは噴水のように白濁した液が噴き上がり、浴槽の湯の中へとボチャボチャと落下していたのだ。

（なんでこんなにドバドバ精液が……俺、ビョーキか？　あっ……もしかして、これってエロゲー効果か。ここでなら、貧弱な坊やの俺でも絶倫クンってわけか）

一輝の推測は正しい。その証拠に、出したばかりなのに彼の男根は全く萎《な》える様子を見せず、天井に向かって逞《たくま》しくそそり立ったままだ。

「フフッ、頼もしいおチ○ポですわ。さあ、今度はわたくしを楽しませて……」

そう言うと恵美梨はタオルを外して一糸纏《まと》わぬ姿になり、すっくと立ち上がった。続いて呆然《ぼうぜん》としている一輝を仰向《あおむ》けにすると、躊躇《ためら》いなく足を開いてその体をまたいだ。

否応《いやおう》なく一輝の視線は、恵美梨の股間に注がれる。そこには手入れされて整った柔らかな陰毛が淡く茂り、濃いピンク色の肉唇がぽってりとして愛液に濡《ぬ》れて光っていた。一輝の視線に気付いた恵美梨は、自らの指で秘裂を広げるサービスを見せる。

「これが恵美梨のアソコ……オ○ンコか。イヤらしくて、そして……綺麗《きれい》だ」

「一輝のおチ○ポも可愛いですわよ。あまり使い込んでなさそうなところが」

エロゲー効果でも形状までは無理かと意気消沈する一輝に、恵美梨はクスクス笑いながら男根を自らの秘裂にあてがい、ゆっくりと腰を下ろしていく。

「安心なさいな。問題は見た目ではなくて実際に味わってみないと……はぁうっ！　んっ、ステキ……一輝のおチ○ポ、とっても硬くて……いいですわっ！」

セックスにおける男の扱い方を心得ている恵美梨の話術に一輝はあっさり自信を取り戻し、ロデオマシーンの如く腰を突き上げる。乗り手の恵美梨の方もそれには満足したようで、自らの乳房を揉《も》みしだきながら激しく腰を使った。

「うふぅ、はぁぁん！　イイですわ。あふぅ、もっと激しくおチ○ポを奥までぇ！　んはぁぁっ！　グチュグチュって、わたくしのオ○ンコが悦《よろこ》んでいますわよっ！」

一輝の男根の味見をまずは済ませた形の恵美梨は、本格的に膣《ちつ》の締めつけを始める。膣内の肉襞《にくひだ》が生々しく蠢《うごめ》き、一輝に早くも限界が訪れようとしていた。

（ヤバッ！　こんな時は意識を別のことに……そうだ。恵美梨がこんな簡単に体を許すのは、たぶん俺のことを監視役だと思ってるからで……俺の口封じをするための計略なわけで……でも……ダメだぁ。悔しいけど、気持ちいい～～っ！）

「あぁっ、イイっ……イキそう……オ○ンコ、イキそう……イッちゃいそうですぅっ！」

恵美梨の絶頂を訴える声に、一輝もホッとして「俺も……」と口にしたのだが……。

「ダメですっ、外に出しなさいっ！　わたくしの体にかけていいですからっ！」

これが格の差か、恵美梨の放った命令に一輝は条件反射的に従って、食いつくような感触のヴァギナから一気にペニスを引き抜き……精を放った。

　二度目とは思えない量の精液が、絶頂に反り返った恵美梨の背中にぶちまけられた。それでもまだ終わらない迸《ほとばし》りは一旦《いったん》宙に飛び散り、シャワーを全身に浴びせるように恵美梨へと降り注いだ。

「すごい……こんなにいっぱい……フフッ、わたくしたち、仲良くできそうですわね」

　自らが精液まみれになったことに恍惚《こうこつ》の表情を浮かべる恵美梨は、口の端に付着した液をペロリと舐《な》め取り、そう微笑みかけるのだった。

☆　　☆　　☆

　ゲーム中で時間が進んでも、現実世界では止まったままだ。

　それをいいことに、バスルームでの一件以来、恵美梨と愛欲の日々を続けていた一輝はある日、情報交換のために修と会ったことで思わぬ事実に直面する。

「えっ……？　修、お前、まだ恵美梨とヤッてないのか？　おかしいな。俺の記憶だと、もうとっくに学園の生徒会室辺りでお前と恵美梨のエッチイベントが……」

　焦って一輝は余計なことまで口にしてしまうが、幸いにも修は首を傾《かし》げるだけだった。

「君の言ってることってイチよく分からないな。確かに恵美梨とはまだ様子を見てるところって感じで……けど、今度の天文教室には一緒に参加できそうなんだ」

　修が言った『天文教室』、そのイベントには一輝にも覚えがあった。それは『教室』とは名ばかりの男女交流の場……ぶっちゃけていえば、あちこちで青姦《あおかん》も行われる、教師も混じった学園ぐるみの不道徳な行事であった。

（ルートに乗っていれば、そこで修は二番目に好感度の高いヒロインを加えて恵美梨と3Pのはずだけど、今の状態じゃそれは無理かな。気のせいか、修は恵美梨と天文教室に行けることを復讐ってよりも本気で楽しみにしてるみたいだ。これってどういうことだ？）

もう恵美梨とはとっくにヤッちゃったとも言えず、とりあえず修には「頑張れよ」と告げて別れた一輝は、その日の夜、いつものようにゲストルームのベッドで恵美梨と一戦まじえた後にも、ゲームの進行に疑問を持つことになる……。

「はぁ、はぁ……ご、ごめん、恵美梨。俺だけ先にイッちゃって」

そう謝った一輝は、荒い息を吐きながら恵美梨の上からゴロリと転がると、ベッドにうつ伏せに横たわった。仰向けになっている恵美梨の体には、一輝の射精の証《あか》し、ようやくその量の多さにも見慣れた精液がぶちまけられていた。

当然、厳しい叱責《しっせき》を覚悟していた一輝だったが、なぜか恵美梨の顔には笑みがこぼれる。

「……わたくし、一輝に少しだけ感謝しなければいけませんわね」

「へっ？　恵美梨から感謝されるなんて、逆になんか怖いな」

「もう！　真面目《まじめ》にお聞きなさい！　一輝って情けないけれど、可愛らしいところが魅力なのですわ。本当ならわたくしを置いてきぼりに勝手にイッたりしたあなたは、ただではすませないところですのよ。フフッ……」

恵美梨の態度に戸惑いつつも、謝罪を口だけですますのはマズいと、一輝はティッシュで彼女の体を拭いてやる。それは心地良かったのだろう、しばらく目をつぶってされるがままでいた恵美梨は妙にしみじみとした口調で言った。

「そう……一輝はどこかが似ているのですわね。昔、わたくしが片想《かたおも》いしていた人と……」

「えっ……？　恵美梨が片想い？　それって、なんか悪い冗談のような……」

一笑にふせようとする一輝をジロリと目で牽制《けんせい》すると、次に遠い目をして恵美梨は昔語りを始める。片想いの相手に素直になれなかった自分が逆に苛めるという行為に出てしまったことを。そして、結果的にその相手を転校にまで追い込んでしまった後悔の記憶を。

（おいおい、それってどう考えても修のことじゃないか！　可愛さあまってなんとか、ってやつか？　そんな展開、恵美梨シナリオにはなかったはずだぞ）

困惑する一輝をよそに、恵美梨の懺悔《ざんげ》に似た告白は続く。

「わたくし、心のどこかで彼が戻ってくるのを待ち焦がれているのかもしれませんわ。仕返しのためでもいいのです。もう一度わたくしの前に現れてくれたら、その時は……」

こんな風にしおらしい恵美梨の姿を見てしまっては、一輝も黙っていられない。

「あのさ、恵美梨……その初恋の相手って……」

恵美梨の真意を探ろうとした一輝の言葉は中断してしまう。彼の男根に指を這《は》わせ、ゆ

っくりとこすり始めた恵美梨の愛撫によって。

「休憩はもうよろしいですわね。今度こそ置いてきぼりは許しませんことよ」

「いや、その、恵美梨……もう少しだけ話を……」

一輝の躊躇いも、恵美梨が四つん這いになって誘うようにお尻を左右に振り出すと、どこかへ霧散してしまった。

「さあ、一輝！　あなたのチ○ポ汁が充満した肉棒を思いきりブチ込みなさいっ！」

恵美梨の命令のみならず、屹立《きつりつ》した男根にも逆らえない一輝は、彼女のキュッとしまった腰に手をやり、二回戦目へ突入していった……。

☆　　☆　　☆

(恵美梨のあの告白って本当か？　もしかして、俺と修が内通してるのを知ってて、それで罠《わな》にでもかけようと……大体、今でも初恋の人を想ってるならどうして俺を含めて、とっかえひっかえに男と……あ～～、考えれば考えるほど分から～ん)

迷った末に、一輝は『ゲート』を開いて一度、現実世界へと帰還した。

その目的は、第三者の意見を伺うことにある。恵美梨の女心の謎を解くためには、やはり相談相手も女性という道理で、一輝にとってそんな相手は一人しかいないわけで……結局、専門学校からの帰り道、一輝は紗夜に相談を持ちかけた。

そうはいっても、ストレートに相談して紗夜にあらぬ誤解を受けるのもマズいので、一輝は「シナリオの次回作について」という名目で恵美梨についての事情を説明した。

「……というわけなんだ。あっ、いや、そういうストーリー展開を考え中なんだよ。門倉はどう思う？　その恵美梨……いや、女性キャラの言葉ってリアリティあるかなぁ。ウソだ、とか思っちゃわない？」

「ふ〜ん……アタシに女性キャラの心情について聞いてくるなんて、織本ってばどういうつもりなのかなぁ。意味深って気もするけど」

紗夜がイタズラっぽい表情で、一輝の顔を覗き込む。一輝にとって幸いだったのは、紗夜が別に気分を害していない、むしろどこか喜んでいるように見えることだった。

「まっ、いっか。今の織本の話だけだと判断しづらいけど……その女性キャラの設定って別におかしくないいんじゃないかな」

「そ、そうなのか？　でも、初恋の思い出を大事に心の中に秘めてる反面、ヤリマン……いや、男遊びが激しいってのはあんまりって感じじゃないかと」

「ちょっと、ちょっと、織本。もともとアンタが考えたんでしょーが！　それにね、女性って幾つになってもどんな状況になっても、心のどっかでは恋に恋い焦がれる『女の子』でいたいって気持ちがあるものなのよ」

そう主張する紗夜は「アタシもそうよ」と言いたいのだろうか、じっと一輝を見つめる。

その紗夜の気持ちまでは理解できない一輝も、彼女の助言には充分納得がいっていた。

「うん、分かった。サンキューな、門倉。助かったよ」

素直に謝意を示す、一輝。と、これで終わらないのが微妙な関係のままの二人なわけで、紗夜の辛辣《しんらつ》な言葉が一輝に投げかけられる。

「織本、今の話って本当に次回作の……フィクションのことでしょうねぇ。アンタが抱えてる現実の悩み、なんかじゃなくて」

「へっ……？　も、勿論だよ。門倉ったら、何をバカなことを……ハハハ……」

必死に否定する一輝だが、果たして紗夜の疑念が晴れたかどうかは定かでない。

☆　☆　☆

紗夜のアドバイスを受け、一輝は何とかして修と恵美梨を結びつけてあげようと決める。

(恵美梨を寝取ってしまったり、修を騙《だま》したりと、俺という本来存在しないキャラが悪役的側面を引きうけたせいか、修も本気で恵美梨が好きみたいだからな。うん、意外と俺不在でこのままゲームを進めていけば、自然と二人はくっついちゃうかも)

一輝は他にも（二人のために黙って身を引く俺って、なんていい奴なんだ）と自画自賛しつつゲームを進めてみたのだが、恵美梨と修の関係が一歩進むと思われた『天文教室』のイベントが起こらなかった。

(おいおい、どうなってんだよ。え～い、世話のかかる二人だぜ)

一輝は『ゲート』を開いて、『学園ますかれーど』の世界へと入る。

ゲーム内のシーンは、本来なら『天文教室』のエッチイベントの舞台となる天文台脇にある公園だ。無数の星が瞬いている空の下、あちこちの木陰や芝生の上には抱き合ったり、もう既に結合しているカップルたちが見受けられる。

（おっ！　あれはヒロインの一人で、生真面目な委員長タイプなのにMっ気がある……って、そんな場合じゃなかったな。さて、恵美梨と修はどこに……）

あいにく恵美梨は見つからなかったが、一輝は修を発見する。修は隅のベンチで一人がっくりと肩を落とし、暗い表情を浮かべていた。

「修！　どうしたんだよ。恵美梨と一緒じゃなかったのかよ！」

「ダメだったよ……結構、いいムードだったんだけど、最後の最後でフラれた」

「フラれた、とか簡単に言うなよな、お前。ちゃんと自分の気持ちをはっきりと……」

それ以上、一輝は修を責めることはできなかった。落胆している今の修の姿は、つい先日に紗夜に想いを伝えられず、この『学園ますかれーど』に逃避した一輝自身に他ならなかったからだ。

だからこそ、一輝は責めるのではなく強く思う。（何とかしなくては……）と。

☆　☆　☆

（恵美梨と修はお互いに惹《ひ》かれ合ってるんだから、ちょっとしたきっかけがあれば……）

そう考えた一輝は、ゲーム内の翌日の夜、修を自分が滞在する明神家のゲストルームに招き入れた。

「あの……君は一体どういうつもりで……それに君は恵美梨の監視役じゃあ……」

戸惑う修を、一輝は無理やり部屋のクローゼットに押し込む。

「いいから、お前は黙ってここに隠れていろ！　あとのことは……そうだ。あとはお前がちょっとばかり勇気を出せばいい話なんだからな！」

一輝が思いついた策は、こうだ。

もうすぐいつものようにエッチをするため、恵美梨がこの部屋に訪れてくる。そこで一輝がワザと恵美梨を乱暴に扱って犯そうとする現場を作り上げれば、騎士道精神を発揮した修が乱入し……あとは、メデタシメデタシという段取りだった。

しばらくして一輝の予想通りゲストルームのドアは静かにノックされ、体を滑り込ませるようにして恵美梨が入ってきた。

「一輝……いいわよね、今夜も」

「いやだと言っても聞かないだろうが。ところで、その前にちょっと話がある」

前振りとして、一輝は「そろそろ潮時だな」とこの屋敷から立ち去る旨を恵美梨に告げた。そして、クローゼット内の修を意識して、殊更悪ぶった口調で話を続ける。

「理由は、記憶喪失が治ったってことにしといてくれ。まあ、俺がいなくなっても相手に不自由はしないだろ、恵美梨なら。そう、昨日、天文教室に一緒に行った同級生とか、な」

修のことを持ち出されて、恵美梨はふっと苦い表情を浮かべる。

「あの人とは……もう会うのをやめましたわ」

「どうしてだ？　エッチが下手だったか？　それとも、短小の包茎で早漏とか……」

「違いますわっ！　あの人といるとなぜか胸が締めつけられるような気がして……どうしてだか分からないけど、わたくし怖いのです。本気で誰かを好きになったら、また相手を傷つけてしまいそうで……あの時と同じように……」

自らの弱い部分をさらけ出す恵美梨の姿に一輝は心を動かされ、思わず抱きしめて慰めてやりたい気もしたが、そこはグッと我慢する。

自分でも珍しく心情を吐露してしまったのに気付いた恵美梨は、一転していつもの高慢で自信たっぷりなお嬢さまに戻る。

「もういいのです。また、あなたみたいな気軽に遊べる相手を見つけますわ。さあ、気分を変えて……今夜はお別れということで特別ですわよ」

そう言って恵美梨は一輝の前にひざまずいて半勃起状態の男根を引っ張り出すと、自分もフェミニンなデザインのブラウスをハラリと脱ぎ捨てた。下着は初めから着けていなかったようで、露《あら》わになった乳房を恵美梨は両手で寄せるように持ち上げ、その柔肉の狭間《はざま》に一輝の勃起を挟み込んだ。そう、恵美梨の口にした『特別』とは、このパイズリのことだったのだ。

乳房を揺らす摩擦に加えて、舌先でも亀頭を刺激する恵美梨の攻撃に耐えながら、一輝は「それっ、今だ！」と心で号令をかけたが、クローゼットから修は出てこなかった。

（どうした、修！　まさか、お前、寝取られ属性とかがあるんじゃないだろうな。今頃、クローゼットの中でハアハアしてるわけじゃあ……）

そんなことを考えているうちに一輝の男根は暴発してしまい、精液が恵美梨の胸元で弾けた。派手に飛び散った液は恵美梨の顔にも降りかかり、彼女に好色な笑みをもたらす。

「相変わらず一発目はあっという間ですわね……ですが、一輝の精液、これを味わってしまうともう我慢が……ねぇ、入れて。一輝のおチ○ポをわたくしのオ○ンコに……！」

恵美梨はベッドの上で大きく足を広げて、濡れた秘裂をエサに一輝を誘う。

（おい、修、何やってんだよ。早くしないとヤッちゃうぞ。お前の惚れてる恵美梨をヤッちゃうんだぞ。そこんとこ、分かってんのかよ、修！　早くしろってば！）

とか思いつつ、一輝は既に男根を恵美梨の膣内に挿入していた。それも、修という第三者に見られている背徳感からか、いつもより腰のピストン運動は激しく、その反動で恵美梨の乳房がたぷたぷと揺れている。

「あぁぁっ！　いつもよりすごいですわ……もっと突いて……メチャクチャにしてぇ！」

恵美梨の歓喜の叫びで少し我に返った一輝は、最終的な手段を思いついた。

（そうだ……恵美梨が絶対に許さないことが一つあったな。それを実行すれば……）

ニヤリと悪役らしく口元を歪《ゆが》めると、一輝は喘ぐ恵美梨の耳元で囁いた。

「恵美梨……最後だからたっぷり中に出させてもらうぜ。子種汁をお前の子宮に、な」

「えっ……あっ、いやっ、中はダメです！　それだけは……いやぁああああっ！」

悲鳴を上げて必死に自分の下でもがく恵美梨を見ていると、本来の目的を忘れて一輝は興奮した。おかげですぐに達してしまい、思惑通りに精液は恵美梨の膣奥に注ぎ込まれた。

「うぅうっ……非道《ひど》い……こんなことって……」

先程まで上気していた恵美梨の頬は今や血の気を失っていて、そこに一筋の涙が伝う。

その時、バタンとクローゼットの扉が開いて、ようやく修が飛び出してきた。

「やめろ〜っ！　お前、恵美梨に何を……くっそ〜っ！」

怒りに顔を引きつらせた修が一輝に飛びかかろうと迫る。悪役を引き受けたとはいえ、殴られるのはかなわんと一輝はすぐさま逃げ出そうとしたのだが……。

「許しませんことよ、このケダモノ！　思い知りなさいっ！」

続けざまに放たれた恵美梨のパンチとキックが一輝の体に炸裂《さくれつ》した。

「はがぁっ！　ぐえっ！　んぐっ！　そういえば……恵美梨には格闘技の心得があるってマニュアルに……でも、その設定ってゲーム内では無視されてたのに……ガクッ！」

ボコボコにされ、一輝は床に大の字になって倒れた。いと、哀れなり……。

そんな予定外の筋書きにもかかわらず、一応、事態はハッピーエンドへと向かう。

「あなたは……オサムくん？　いやっ、なぜ、あなたがここに……」

修に気付いた恵美梨は恥じらいに頬を染めて、慌てて全裸の体をシーツで隠した。

しばしの沈黙の後、修は意を決して全てを明かす。

「恵美梨……ごめん。本当は今の俺は俺じゃないんだ。事故で外見が変わったのをいいことに……俺は『オサム』なんかじゃなくて、本当は君も知っている……」

「まさか、あなたは……シュウくん……シュウくんなのですか？」

「そうだ。俺は君に復讐をしようと……それで、こんな男の口車に乗ってしまって……」

「こんな男のことはどうでもいいのです！　わたくし、シュウくんが……仕返しでもいい、わたくしの前に現れてくれるのを待って……待ち焦がれていましたの！」

せっかくの恩人である一輝に向かって、二人とも『こんな男』呼ばわりとは如何《いかが》なものだろうか。まあ、恵美梨と何度もエッチをした代償と思えば仕方がない。

それはともかく、恵美梨は再会の喜びから頬を薔薇色《ばらいろ》に輝かせる。そして告げる。

「わたくし、あなたに言わなくてはならないことがあるのです。わたくしは初めて会ったあの頃から、本当はシュウくんのことを……」

「恵美梨……思えば、俺もずっと恵美梨のことが……」

恵美梨がそっと修に寄りそう。修の腕も恵美梨の体をおそるおそる抱き寄せ……。

と、これ以上はとても見ていられず、一輝はこっそり『ゲート』を開いて『学園ますかれーど』の世界を後にするのだった。

　現実の世界、自室に戻った一輝は少しして事の顛末《てんまつ》を見届けようとゲームを再開させてみた。すると、そこには『……恵美梨は修の逞しいペニスを胎内に感じながら、今までに味わったことのない強烈なエクスタシーを感じ……』などといった、一輝に対してある意味、失礼なテキストが綴《つづ》られていた。その上……。

恵美梨「ああっ、嬉《うれ》しいです。わたくし、修くんと一つになっているのですね……んっ、あふぅ、修くん、もうわたくしを離してはいやですっ！」

修「分かってるさ、恵美梨。もう絶対、離すもんかっ！　そして、俺の精液であんな奴のなんて全部、洗い流してやるっ！」

恵美梨「ああっ……修くんっ！　何度でも、わたくしの中に出してぇぇぇっ！」

　チッと舌打ちして、一輝はゲームを終了させた。

「あれからすぐにエッチかよっ！　ったく、展開が早すぎるっつーの！」

　そうボヤくと、一輝は恵美梨に思いきり殴られたせいで腫《は》れている頬にそっと手を当てた。どうやら、ゲーム内で受けた傷は現実世界に戻っても治らないようだ。

「あ～あ、俺だって誰かとハッピーエンドを目指せる……はずだよなぁ」

　自信なさげにそう呟いた一輝の脳裏を掠めた面影は、果たしてショートカットの元気娘のそれだったのか。それとも、ロングヘアの優しげな年上の……。

☆　☆　☆

一輝の部屋、その窓から洩《も》れる明かりを以前と同様に、路上からセーラー服を纏った少女が見つめていた。

「……『扉』の力の発動を再度確認。そろそろ頃合いだな。いや、遅いくらいだ……私は何を躊躇っている。いつものように封じるまでのことなのに、なぜ私は……」

少女の冷徹な瞳の中に僅《わず》かに揺らいでいたのは、自らへの困惑だった。

# ファイル4　『魔王魂～ルシファァースピリッツ』

調教室と呼ばれる石造りのその部屋は、一時の静寂に支配されていた。

微《かす》かに水滴の音がするのは、失神した捕虜に浴びせるために身を切るほど冷たい深井戸の水が引かれているためだ。

壁には点々と青白いマジックライトが灯《とも》されている。それとは別に部屋の隅には小さな炉で熾された火が赤々と辺りを照らす。その火もまた、捕虜の肌に焼き印を押す焼きゴテを熱するためのものだった。

そして、静寂は荒い息遣いで破られた。

それは、天井から大げさな鉄の鎖で吊《つ》るされ、両足も床に固定されて身動きを取れないようにされた、女捕虜が発したものだ。

全裸に剥《む》かれた女捕虜の体は大柄で、全身に逞《たくま》しい筋肉が発達している。丸々とした乳房を乗せた胸筋にも、くびれるのみならず段になったウエストから腹部にも、硬く引き締まった太股《ふともも》にも戦闘による古傷が刻まれていて、一見して歴戦の兵《つわもの》だと分かる。

しかし、新しい傷、つまりは拷問によるそれは見当たらない。

そう、先程の荒い息遣いは別の意味のものだったのだ。

サウド「ふん！　戦う美神、無敵の女戦士と吟遊詩人に歌われた貴様も、こうなっては形なしだな。こうなってはただの女にすぎん」

世界を力と謀略で支配し、真の魔王を目指す者、それが彼、『サウド』であった。

彼の銀髪と端整な顔立ちも、冷酷で残忍なその瞳《ひとみ》を引き立てているものでしかなく、そこから発せられる魔力により、女捕虜はもはや性奴と化していたわけだ。

先程の侮蔑《ぶべつ》を示す言葉にさえも女捕虜は欲情してしまったようで、その乳首は頭をもたげ、股間《こかん》の翳《かげ》りからは濃いとろみを帯びた愛液が太股から床へと滴り落ちていく。

女捕虜「はあぁ……お願いだ……なんとかしてくれ……知りたい情報なら何でも話すから……その代わり、お前の……サウド…様のモノで私を……！」

遂《つい》に浅ましいおねだりを口にしてしまった女捕虜を、サウドは傲慢《ごうまん》な笑みで見下ろす。

しかし、まだ当分は焦《じ》らして調教を完璧《かんぺき》なものにしたいのだろう、サウドは女捕虜を無視するように、傍らに控えていた忠実なしもべの一人、リディに声をかけた。

サウド「リディよ……もう一度聞くが、その奇妙な魔法使いはお前を異世界に呼び出したと、そうお前に言ったのだな」

サウドの魔力の余波を受けたせいで、指を自らの股間へ忍び込ませて濡《ぬ》れほころびた肉の花弁を弄《いじ》っていたリディは、慌てて言葉を返す。

リディ「ひゃっ！　は、はい、サウド様。それが、なんや、こう、鉄でも焼き物や石でもない、勿論《もちろん》、木や獣の骨とか皮でもない、ヘンテコなものでできた部屋で……」

サウド「異世界へ通じる入口……か」

サウドが何事か考え込むのを目にして、リディは不安になる。主であるサウドに身も心も捧《ささ》げ尽くしている彼女にとって、彼に捨てられるのは死よりも辛《つら》いことなのだ。

リディ「あの……ウチ、あかんことしてしもたんやろか？　サウド様、怒ってはる？」

サウド「ふっ、そんなことはない。良き機会を与えてくれた……褒めてやるぞ、リディ」

そう言ってサウドはリディをいきなり膝《ひざ》の上に抱え上げ、その小柄ながらむっちりと張り詰めた体を愛撫《あいぶ》し始める。女捕虜に見せつける意味もその行為には含まれていた。

リディ「きゃん！　あぁん、サウド様ぁ、ウチ、ごっつ気持ちええですぅ！」

リディの体の感触を楽しみながら、サウドは「ロア、ロアはおるか！」と呼びかけた。

すぐにそれに応《こた》えて、サウドの腹心、氷の女将軍の異名を持つ、『ロア』が姿を見せた。

サウドの膝の上で体をくねらせているリディを見て、ロアはほんの僅《わず》かに顔を曇らせた。

ロア「……お呼びでしょうか、サウド様」

燃えるような赤毛の持ち主、自らの片腕ともいうべき存在のロアにサウドは命じる。

サウド「小人数の部隊を、城内の各所に常に待機させておけ。侵入者は決して殺さず捕獲するよう、厳命も忘れるな」

ロア「はっ、仰せのままに。ですが、侵入者とは何処《どこ》の手の者でしょうか？」

急な命令に若干訝《いぶか》しげなロアに向かって、サウドは言い放つ。

サウド「征服する世界がたった一つでは、魔王の名に相応《ふさわ》しくない……そういうことだ」

部屋の隅にある炉の炎が、サウドの野望に呼応してひときわ激しく燃え盛った……。

ゲーム『魔王魂』内の世界で以上のような、シナリオにはない展開が起きていたのも、一輝の持つ『ゲート』の力の影響なのだろうか。

☆　☆　☆

そんなこととは露知らず、一輝は今日も今日とて眠る前のひととき、『ゲート』の力を使って呑気《のんき》にゲームの世界を堪能《たんのう》しようとしていた。

「もうすぐ……というか、今度こそ『夜行探偵2』の発売が迫ってるから、あまりのめり込まない程度の……そうだ。海外が舞台のゲームがあったから、ちょっと旅行気分で……」

パソコンの電源をオンにしてお目当てのファイルを探す一輝の耳に、その時、ノックもなしに玄関のドアが開かれる音が聞こえた。

「ん？　鍵《かぎ》は閉めてあるはずなのに……あっ、そういや、門倉にスペアキー預けたままだったよな。まさか、こんな夜遅くに門倉が……」

妙な期待に胸を高鳴らせながら玄関の方に振り返った一輝の目に映ったのは、夜這《よば》いのために訪れた紗夜……ではなく、冷たい視線で射すくめてくるセーラー服の少女だった。

「ガックリ……じゃなくって、君は一体……あ～～っ！　君はあの時の……！」

少女がずっと監視していたことを一輝は知らない。会ったのはたった一度、イーリーとお出かけ中にいきなりカフェで声をかけられた時だけだ。それでもイーリーの正体を見破ったかのような言動がその時の少女にはあったため、一輝が警戒するには充分だった。

「……もう、それくらいにしておくのだな……織本一輝」

「どうして、俺の名前を……。大体、君はどうやって鍵のかかったこの部屋に……」

一輝の質問には答えず、少女はおもむろに宣言をする。「お前の『扉』を開く能力を永久に封じ込める」と。

「扉? もしかして、『ゲート』の力のことか? どうして君がそれを……?」

少女は土足のまま、部屋へ上がり込んでいた。そのまま必要以外のことは口にせず近づいてくる彼女の迫力に、一輝の身体はまるで金縛りのように凍りつく。

「……拒んでも無駄だ。私は必ず、お前が持つ『扉』の力を封印する。たとえ、その結果、お前を殺すことになったとしても」

死の危険を感じさせる少女の言葉が、皮肉にも一輝の体の硬直を解いた。

(この子、本気だ……本気で俺のことを……逃げなきゃ……逃げないと……でも、どこへ逃げればいいんだ……あっ、そうだ。あそこしかない)

普段はプレッシャーに弱い一輝だったが、追いつめられたギリギリの状態になると逆に開き直ることができる。「分かったよ…」と観念したフリを装いつつ、片手でマウスを動かしフォルダの中から一つのゲームを呼び出した。と同時に『ゲート』も開いた。

「くっ……! この光は……お前、『扉』を……!」

少女が気付いた時には、もう一輝は光の渦へと飛び込んでいた。

## ファイル4『魔王魂〜ルシファースピリッツ』

「逃がしはしないっ！」

身を翻して、少女も躊躇《ちゅうちょ》せず一輝を追って『ゲート』をくぐる。

一輝が無作為に選んだゲーム、『魔王魂』の世界へと。

☆　☆　☆

「ん……うぅ……はにゃ？　あれっ、俺は一体……痛たたた、頭、痛ぇ！」

意識を失っていた一輝が目を覚ますと、そこは壁も床もゴツゴツした石造りの小部屋だった。空気は湿っぽく、コケのような臭いが鼻につく。

「ここって……ガッシリした鉄格子があって、窓も出口らしい場所もないってことは……」

「……城らしき場所の中にある地下牢《ちかろう》だ。お前が不用意に『扉』を開けた世界の、な」

そう言葉を続けたのは、あのセーラー服の謎《なぞ》の少女だった。一輝と同様に囚《とら》われの身のようで、牢の隅にある石造りのベンチのようなものに腰を下ろしている。

「地下牢？　なんか見覚えがある気も……でも、どうしてこんなところに……」

冷徹な瞳に今は非難するような色も添えて、少女はまず『深水涼香《ふかみりょうこ》』と自分の名前を告げた後、一輝に事情を説明する。

「……待ち伏せされていたんだ。この世界で『扉』の存在を知ってそれを利用しようと考える奴《やつ》がいたらしい。私が恐れていたことが現実になってしまった」

少女、涼香の説明に刺激され、一輝の中に断片的に記憶が戻った。『ゲート』に飛び込んだ次の瞬間、何者かに頭部を殴打されて気を失ったことを。そして、この地下牢に見覚えがあるのも当然、ここはさんざんやり込んだゲーム、『魔王魂』の世界であることも。

「そっかぁ……じゃあ、ここはサウドの城、それもあの迷宮牢の中ってわけか」

深刻な表情の涼香に比べて、一輝には絶対的に危機感が欠けていた。

それは、鉄格子の向こうに、女将軍ロアを伴ってサウドが姿を見せても変わらない。

「女……お前には部下たちが大層世話になったようだな」

ロアのその言葉に、涼香はフッと嘲《あざけ》りの笑みで応えた。そのまま睨《にら》み合う成熟した美女とセーラー服の美少女の間に張り詰めた緊迫感が漲《みなぎ》るのに対して、飽くまでも一輝は呑気であった。

「あれっ？　サウドぉ、リディちゃんはいないの？　せっかく感動の再会だってのに」

「あいにくだな、異世界の魔法使いよ。リディはお前に悪いとでも思ってるのか、顔を出せないとの話だ。それに、お前に用があるのは余だ」

一輝の態度を余裕からのものと勘違いしたサウドは、早速本題である交渉に入る。つまり、「余に力を貸すと誓うのなら、今すぐ牢から出してやる」というわけだった。

それを聞いて涼香の表情に緊張が走る。そこには「一輝の返答次第では…」という殺気も存在していたのだが、現実に行われた一輝の返事の結果、それは見事に空振りに終わる。

「フッ、俺を甘く見るなよ、サウド。協力を請うのは貴様の方だ……な〜んて、一度言ってみたかったんだよね、こういう台詞《せりふ》を！」

「ふっ……余を相手に大した度胸だな。分かった。次は良い返事を聞かせてもらうぞ」

そう威厳を保ったサウドは、納得のいかないロアを抑えてその場から立ち去っていった。

それを見送った後、「さてと…」と余裕を見せながら一輝は地下牢から脱出しようと『ゲート』を開こうとしたのだが……。

「え〜、コホン……リアライジング・ザ・ゲート！　あれっ？　いかん、いかん、もう一度……う〜〜ん……ダメだ……どうして『ゲート』が開かないんだぁ！」

呆《あき》れ顔《がお》で涼香が『ゲート』を開けない理由を説明する。

「一つの世界において二つの『扉』は開けられない。私たちが入ってきた『扉』はまだ開いたままになってるから、もう一つ開けようとしても無理だ。お前はそんなことも知らないのか」

「うん……『ゲート』をくぐった時はいつもその場で閉じてたから、知らなかった。う～ん、目の前で集中しないと『ゲート』には干渉できないしなぁ。困ったぞ、これは」

いまだにどこか能天気な一輝に、涼香が苛立《いらだ》ったように真剣な表情で詰め寄る。

「お前は事の重大さが分かっていない！　先程のあいつらの口ぶりでは警戒しているのかまだお前が開いたままにしている『扉』を通ってはいないようだからいいが、もしも……」

「もしも……何？」

「もし、この世界にいる魔法の力を持つキャラクターが現実の世界に現れたら……ここまで言えばお前にも分かるだろ。どんなに恐ろしいことが起こるのかが」

一輝はハッと息を呑《の》んだ。ようやく自分のおかれている状況の危うさに気付いたのだ。

(確かにそうだ……もし、凌辱《りょうじょく》ゲームの鬼畜主人公が現実の世界に来て強姦《ごうかん》しまくったりしたら……っていうか、それよりも、今、あのサウドが……マジ、ヤバイって！)

途端にオロオロし始める一輝に比べて、飽くまでも涼香は冷静だ。厳しい表情のまま立ち上がると鉄格子に歩み寄り、そこに取りつけられている錠前をじっと見つめる。

「あの……涼香ちゃん……いや、涼香さん……」

「涼香……でいい。とにかく今はここを出るのが先決だ。私には『扉』を閉じる力はない。だから、お前の能力を封じるのも今は保留しておく」

「ここを出るってどうするんだ？　ここはゲームでも捕らえた捕虜とかを閉じ込めておく

のに使われてたから、鍵だってしっかりと……」

「どうする？　こうするまでのことだ」

そう言って、涼香は錠前に手をかざした。すると、ガチャリと金属音を響かせて鉄格子の錠前はいとも簡単に外れた。

「へっ？　ええ〜っ！　ウソ！　なんで？」

「騒ぐな……『扉』を通って呼び出された者は、他の世界でも元の世界で使っていた能力を発動できる。これは私の能力だ」

事実だけを話す、という印象を受ける淡々とした口調の涼香はさっさと牢の外へ出ていく。一輝も慌ててその後ろをついていった。

「私たちがこの世界に出てきた、つまり『扉』があるのは大広間といった感じの場所だったが、お前、そこまでの道順は分かるな？」

「ああ。ここは迷宮牢とか呼ばれるわりに、そんなに込み入ったダンジョンじゃないから。大広間なら、たぶんサウドがいつも軍の指揮を取ってる場所だし……あっ、それよりさ、さっき涼香が言った言葉だけど、あれを冷静に分析すると……涼香も別の世界の……」

一輝の発言は中途で終わらざるをえなくなった。地下通路を進む涼香と一輝は、見張りの兵士二人と鉢合わせしてしまったのだ。

「うわわっ！　腰の剣なんか抜いたりして、まさかそれで俺をバッサリ、とか？」

「……下がってろ！」

言葉とほぼ同時に涼香の体が宙を飛び、蹴《け》り一発で兵士の一人を壁に叩《たた》きつけ昏倒《こんとう》させた。意外な反撃に一瞬動きの止まったもう一人の兵士の首に涼香は腕を巻きつけ、間髪入れずに片手を兵士のこめかみに当てた。すると、そこに小さな閃光《せんこう》が炸裂《さくれつ》し、兵士の体がビクンッと痙攣《けいれん》して、糸の切れた操り人形のようにクタクタと床に崩れた……相手の攻撃ターンを待たない、まさに電光石火の攻撃であった。

「あ、そうか……あの女将軍ロアが『部下が世話になった』とか言ってたのって、こういうことだったのか。それに、今のピカピカって光った技って……」

「先程も見せたはずだ。私の能力……『鍵』を自在に開閉する力だ。今のはこの男の意識に『鍵』をかけた。ちなみに、お前の能力を封じるのにもこの力を使う」

「そんな能力を持ってるってことは……じゃあ、やっぱり君は……」

「そう、私も……他の世界、物語の中から呼び出された者だ」

あ然とする一輝を尻目《しりめ》に、涼香はテキパキと倒れた兵士を近くの空き部屋となっている牢に叩き込んだ。例の能力で牢に施錠するのも忘れない。

「あ、あのさぁ……怒らないで聞いてよね。涼香が別の世界から呼び出された人間ってのは分かったし、今のを見たら相当の修羅場をくぐってきたんだと思うんだけど……君って一体、何者なのかな？」

スタスタと先に進みながら一輝には背を向けたまま、涼香は自分の意志だけを伝える。

「人の欲望には限りがない。だから、『扉』を開ける力を私は封印する。私のような者を二度と作らないためにも」

☆　☆　☆

ゲームの内容に詳しい一輝が道案内をし、涼香が見張りの兵士を倒しながらなんとか地下迷宮から出た二人だったが、『ゲート』がある大広間には警備が厳重で近付くことは無理に近い。そこで二人は……。

（トホホ……せっかく冒険ファンタジーの世界に来たっていうのに、俺ってば役に立たないNPCだよなぁ。それに……『魔王魂』はアクションゲームじゃないのに、こんな場所を……見るなよ。下を見たらダメだ……一歩一歩確実に進むことだけを……）

一輝は必死にそう唱えるようにしながら、人一人がなんとか通れる細い岩場を伝い歩いていた。元々は城への通用道だったのが長い風雨の浸食で今はすっかり道幅が狭く、眼下には断崖《だんがい》絶壁の光景が広がっていた。今頃《いまごろ》になって一輝は後悔する。「城の外側を大回りしていけば、大広間のバルコニーにたどりつけるはず…」と提案した自分を。

「……グズグズするな。今こうしている間にも、あのサウドとやらの軍勢が現実の世界に侵攻を始めるかもしれないのだからな」

「分かってるよ！　でもさ、他に何か『ゲート』を閉じる方法はないのかよ。こう、一瞬でパーッと元の世界に帰れるような、ナイスな方法がさ」

「別の方法、か。ないことはないぞ」

涼香のその言葉にぬか喜びする一輝。だが、その方法とは『ゲート』を開いた媒体であるパソコンを物理的に破壊することだった。現時点でそれは不可能だったし、第一、一輝としてはそうされては絶対に困る。

「汗と涙の結晶、ひいては努力と根性と勝利の証《あか》したるパソコンを壊すなんて……」

「おかしな奴だな。自分の命の危険よりパソコンの方が大事なのか？」

振り返って呆れ顔を見せる涼香に、一輝は弁明する。

「そりゃあ、命の方が大事だけど、実際にその局面に立たされるまでは一応パソコンのことも……この『魔王魂』のさんざんやり込んだセーブデータだってあるんだし……」

その自分の発言から、一輝は今いるこの場所についての情報を思い出した。

（そうだ……ここで、ゲームの終盤近くにサウドと伝説の勇者が対決するイベントが……

結果は双方痛み分けで……あっ、確か、二人の足元の岩が崩れ落ちたから……）

今まさにその『崩れ落ちた』場所に、先導する涼香が足を踏み出そうとしていた。

「危ない、涼香！　そこは……！」

「えっ……ああっ！」

時既に遅し、イベント通りに涼香の足元の岩場がガラガラッと崩れ落ち、その体が谷底へ向かって滑り落ちんとする。が、事前にそれを察知していたのが功を奏し、咄嗟《とっさ》に飛びついた一輝が涼香の腕を捕らえ、何とか転落を食い止めるのに成功した。

「ふぇ〜っ……はあはあ……死ぬかと思ったぁ。サウドや勇者と違って、俺は普通の人間だぞ。こんな場所から落ちたらひとたまりも……」

涼香の、そして自分の安全を確認すると、一輝は腰が抜けたようにへたり込んだ。

その横に同じように座り込んでいた涼香は、まだ掴《つか》まれたままになっていた一輝の腕をやや乱暴に振り払う。そして立ち上がると、困惑の表情で一輝を睨みつけた。

「……なぜ……なんで、私を助けたりしたんだ！」

「なんで、って……涼香が落ちそうになったから……」

「そういうことじゃない！　私を見捨てていれば、お前は『扉』を開ける力を封印されずにすむんだぞ！　それだけじゃない。こんな危険なルートを通らなくても、サウドに力を貸すと約束して、現実の世界で好き勝手に生

きることだって……！」

「あっ、そうか。でも、ゲームをプレイしてるぶんにはいいけど、現実に付き合うことを考えると、あのサウドの性格にはついていけそうもないなぁ」

涼香の憤りをサラリと受け流すような一輝の態度に、彼女は尚更《なおさら》、激昂《げっこう》する。

「普通の人間はそうじゃない。力を持つ人間はそれを守るためなら、どんな酷《ひど》いことだってする……私はそんな者たちを今まで大勢見てきた。お前だってそういう奴のはずだ！」

「いや……はずだ、って言われても……俺って、そうなの？」

侮辱され、責められているはずの一輝は、きょとんとした顔でそう聞き返した。

これが勝負だったとしたら、涼香の負けだっただろう。気勢を削《そ》がれた涼香は「少し休むぞ…」と告げると、再び一輝の隣に腰を下ろした。

自然と二人の目に映るのは、高い絶壁の上から見下ろす辺りの風景になる。

一面の深い森、そしてゴツゴツした岩山ばかりとはいえ、現実には存在しないその風景に、一輝は改めて自分がファンタジー世界にいることを実感する。

谷底から吹き上げてくる風は体の汗を冷やしてくれるだけではなく、隣の涼香から漂う甘い香りを一輝に感じさせた。

（いい匂いだな……シャンプー？　いや、香水かな？　とにかく、悪くないなぁ……）

一輝はついニヤついてしまい、それを涼香に悟られまいと口を開く。

「……ここって空気が澄んでるよね。ファンタジーだから、排気ガスとかがないせいなんだろうな。おかげで、はっきりと涼香の匂いだって……あっ、いや、その……」

「……私だって汗はかく。気になったのならすまない」

「別にイヤだってわけじゃあ……あっ、でも、俺はフェチってわけでも……ああ、そうそう、涼香は別の世界から呼び出されたんだったよね。そこってどんな世界なのかな？」

「……イタズラな妖精《ようせい》のいる、誰《だれ》とでも友達になれる世界」

しばし目を閉じて、思い出すような仕草をしてから、涼香は話を続ける。

「イタズラな妖精のウーブに引っ張られて次々に扉を開けていくと、新しい友達が増えていく……私のいた世界は、一輝たちの世界では絵本に描かれているんだ」

「イタズラな妖精、ウーブ……か。はて……？」

一輝はふと彼女の話が何か自らの記憶の端に引っかかるような気がした。

しかし、続けて涼香が語る過去の話の苛酷《かこく》さにその感覚はかき消されてしまった。

……幼い頃に絵本から呼び出された涼香は、元の世界に戻れなくなったことで、身元不明の子供として一輝のいる世界では扱われ、今までずっと施設で育てられてきた。『深水涼香』という名前もそこで名付けられたものだった。

ある時、同じように物語から呼び出された人間と出会った涼香は、その人物から『扉』の存在が世界のバランスを崩す恐れがあると教えられた。それがきっかけとなり、以来、涼香はたった一人で『扉』を開く能力を持つ人間を見つけ、封印してきたのだった……。

仮に涼香が主役だとしたら、『ゲート』の力を持つ一輝はその前に立ちはだかる敵のようなもので、全く立つ瀬がない。

(まあ……敵、つまりこの場合は俺なんだけど、それが戦いの後に仲間になって更に強大な敵に挑む……そんな感じの、今はまさに王道の展開ということで)

罪悪感を拭《ぬぐ》うために無理やりそう思い込んだ一輝は、一つどうしても涼香に尋ねたいことがあり、それを口にする。

「涼香……元の世界に帰りたいって思わないのか？」

一輝と涼香の間を、谷底からの風が強く吹き抜けた。まるで、一輝の尋ねてしまったことへの後悔と、涼香の答えを口にすることへの躊躇、その両方を吹き飛ばすように。

「帰れないいんだ……私が出てきた『扉』を開いた絵本の行方が分からなくて……」

涼香は「帰りたい」とは言わなかった。その思いは、全てこれ以上自分と同じ者を作らないようにする行為に向けられているのだろう。少なくとも、一輝はそう感じた。

「さあ、休憩は終わりだ。とりあえず今はこの世界の『扉』を閉じないといけない」

「ああ、そうだね。『ゲート』をなんとかしないと、いろいろと大変だ」

『扉』と『ゲート』……同じ存在をそれぞれの名称で呼ぶ涼香と一輝。それが近くにいても遠い、今の二人の関係を表していた。

しかし、断崖の上の小道を再びソロソロと歩き始めてから少しして、先導する涼香は背中を向けたまま小さな声で告げた。

「ありがとう、一輝。助けてくれて……」

☆　☆　☆
「……ゲゲッ！　これって、どうなってるんだ！」

ようやくバルコニーにたどりつき、大広間の中を覗《のぞ》き込んだ一輝がそこに見た光景は、予想を上回るものだった。

例えるなら体育館ほどの広さがあるその場所、大広間には隊列を組んだ兵士たちが整然と待機していたのだ。どの兵士も仰々しい鎧甲《よろいかぶと》に身を包み、巨大な長剣や戦斧《せんぷ》といった武器を装備している。中には亜人間なのだろう、小山の如《ごと》き巨体と獣の如き体毛や角を生やした兵士も混ざっている。

「……現実世界への侵攻の準備だな。今にも奴らは……見ろ、一輝。『扉』はあそこだ」

祭壇のように飾られた壁面に、大きな光の渦、『ゲート』はあった。その周囲には黒い長衣を纏《まと》った魔法使いを筆頭に、更に警戒が厳重になっている。

「近付くのは難しそうだな。一輝、ここから『扉』を閉じられないか？」

「う〜〜ん……ダメだぁ。やっぱ、手が届くくらいじゃないと……」

打開策に悩む涼香と一輝は気付くのが遅れてしまった。背後から黒い翼をパタパタと羽ばたかせて二人に近付いてくる謎の影に。

「あら〜、どないして地下牢を脱け出したん？　あっ、このコが一輝はんの連れてきた女奴隷かいな。まあまあのベッピンさんやねぇ。ウチほどやないけど」

それは、一輝と並ぶ今回の事態の張本人、リディであった。

サウドの忠実なしもべたるリディは「カンニンな」と謝りつつ、大広間の兵士たちに一輝と涼香の存在を急報する。たちまち二人のいるバルコニーはぐるりと兵士に取り囲まれ、退路を断たれてしまった。

「くそ〜っ、リディの奴！　今度、『魔王魂』をプレイしたら、絶対にお前にはバッドエンドを迎えさせてやる〜っ！」

一輝の虚《むな》しい叫びがこだまする中、ロアを従えてサウドがゆっくりと姿を現した。

「異世界の魔法使いよ、今度こそ良い返事を聞かせてもらうぞ。だが！　これが最後の機会と思うがいい。たとえ貴様が再び『否』と答えようとも、異世界への侵攻は止めぬ。そして、その狼煙《のろし》は貴様の血飛沫《ちしぶき》となろう」

それが脅しでないことは、『魔王魂』をプレイした一輝には理解できた。

まさに今、一輝と涼香、その二人の命、プラス、現実世界の存亡のピンチであった。

「一輝……」

そう囁《ささや》いて、涼香が一輝をじっと見つめる。その視線には強い意志、〈命を賭《と》してでも囲みを破って、一輝を『ゲート』の場所までたどりつかせる……）が込められていた。

涼香の悲壮な決意を理解した瞬間、一輝の腹は決まった。

（女の子を犠牲にして自分だけ助かる……そんな寝覚めの悪いことできるかよ！　ちくしょ〜っ、人生はバクチだぁ〜。こうなったら、いちかばちかの賭《か》けに……！）

ピリピリと殺気が漂う辺りの空気を破るようにして、一輝はまず叫んだ。

「ちょっと、待ったぁぁぁ〜っ！」

それは、サウド陣営の皆さん、そして涼香にも向けられた言葉だった。場の緊張がフッと緩んだのを感じて、一輝は一世一代の勝負に出る。

「おいおい、サウド。この世界をまだ半分も支配できてないくせに、随分と偉そうだよな。それにまだ太古に作られた最強の武器、『神裁きの剣』すら手に入れてないってのに。お前さんときたら、増長しまくりなんだから」

一輝の言葉を聞いた途端、サウドの顔から余裕が消え失《う》せ、動揺が走る。

「『神裁きの剣』だと……！　余しか知らぬその武器のことをなにゆえ、貴様が……！」

「知ってるのはそれだけじゃないよ。他にもいろいろと……例えばぁ、お前と妖精王との深〜い因縁とか、勇者の軍勢に潜り込ませてる内通者の存在とか……あっ、そうそう、ロアやリディも知らないだろうけど、サウドって実は……」

「やめんかぁぁぁっ！」

サウドは轟《とどろ》く雷鳴の如き怒号で、一輝を制した。いつもポーカーフェイスのサウドがそうしなければならないほど、彼は追いつめられていたのだ。『魔王魂』をクリアしたことによる産物、一輝の知識によって。

苦渋の表情を見せるサウドを見かねて、腹心のロアが「こやつは危険です。今すぐ息の根を……！」と殺気を放ってくるのにも、一輝は軽く対処する。

「ロアちゃん、か。君の秘密も言っちゃおうかなぁ……サウドが捕虜の女たちを凌辱するのを、君は調教室を警備する隠し部屋から盗み見ながら火照る体を……そうそう、前にサウドから褒美に頂いた宝剣をナニの代わりにしてアソコへ……」

「いやぁあああっ！　そ、それ以上は言わないでぇぇぇっ！」

サウドは魔力を使って一輝を屈服させせようとも考える。が、それも一輝にはお見通しで先に牽制《けんせい》されてしまう。

「なんかまだ妙なことを考えてるみたいだけど、こう見えても俺は一流の魔導師だぜ。たとえ殺されるようなことになったとしても、俺の知ってる情報をアンタの敵に伝える方法はいくらだって……試してみるかい、サウド」

性格に問題があるとはいえ、サウドも国を担う王だ。戦の要《かなめ》として情報が如何《いか》に有用かは理解していたので、遂に苦々しい表情でこう言わざるをえなかった。

「……異世界の魔法使いよ……条件があるのなら聞こう」

「条件？　そうだなぁ。あんまり無理を言ったら悪いしぃ……」

一輝は勿体《もったい》つけてみせながら、涼香の手を引いて『ゲート』の方へと歩き出す。

サウドさえ恐れさせる存在の一輝にザコ兵士をはじめ他の者たちが逆らえるはずもなく、彼の歩く先々に自然と道ができあがった。一輝本人は内心ビクビクもんだったが。

「まっ、別に条件はいいや。サウド、アンタがこの世界を全て支配することができたら、また『ゲート』を開いてやるよ。じゃあね。なかなか楽しかったよ」

そう言い残すと、一輝は涼香と一緒に悠然と『ゲート』に入り、現実世界へ帰還した。

☆　☆　☆

「ふぅ〜っ……やれやれってとこだったな」

自室へと戻ってくるやいなや、慌てて『ゲート』を閉じ、念には念を入れてパソコンの電源まで落とした一輝は、それで一気に緊張が解けてしまったようで、今は椅子《いす》の上でぐったりとなっていた。

「でも、よかったぁ〜。『魔王魂』を一通りクリアしといて。単なるゲーマーも、あの世界では完璧無比な予言者みたいなもんだよな、実際」

「予言者というよりも、あれは詐欺師の類《たぐい》だな。ゲームの知識だけではなく、よくもあれだけのハッタリを……まったくお前という奴は」

呆れつつも、涼香は初めて顔に優しい微笑を浮かべる。そこには、セーラー服の制服姿に似合ったあどけなさが漂っていた。

（えっ……俺は知ってる……この微笑《ほほえ》みを……なぜだ……どうして俺は……）

ふいに一輝の頭の中に懐かしい思い出が甦《よみがえ》ってきた。それは徐々に明確な形となり、一輝に一つの真実を伝える。

（そうだった……昔、小さい頃に俺は……絵本の中の女の子と……楽しそうに笑っている女の子と仲良くなりたくて……どうしても、そう思って……あの時、俺は……）

「どうした、一輝？　ボーッとして……大丈夫か？」

涼香の気配りが、今の一輝には心苦しい。しかし、思い出してしまった真実を隠しているわけにはいかなかった。

「涼香……涼香は俺の持つ『ゲート』の力を封印するんだったよな？」

「ああ……そうだったな……」

一輝が『ゲート』を使って逃走する前には、「殺すことになったとしても…」とまで口にしていた涼香なのに、今は若干の迷いを見せていた。

「その封印は少し待ってくれないか。その理由は……涼香、この一節は知ってるよな……

『おやおや、ようせいウーブがいたずらをしているよ』」

涼香の目が大きく見開かれる。

「えっ……それは、私のいた世界である絵本の最初の……」

「俺なんだ……小さい頃の俺が、涼香のことをこの世界に呼び出したんだ……」

「一輝が……一輝が『ゲート』を開いて私を……」

涼香がそう呟《つぶや》いたのを最後に、しばらく部屋には沈黙という名の時間だけが流れ続ける。

ただ一つ、涼香は初めて口にした。『扉』ではなく、『ゲート』と……。

☆　☆　☆

翌日から、一輝は涼香と一緒に実家の近くにある図書館巡りを始めた。

「……悪いな、涼香。随分、昔のことだから、どこかでその本を借りたっていう記憶しかなくて……あっ！　もしかして、もう本が処分されちゃったなんてことは……」

「それはない。本が破壊されても世界は残る。それに、もしもそうなっていたら、私はとっくにこの世界から元の世界へと戻れていたはずだから」

「そうか……世界は残る、のか……」

シナリオライターを目指す一輝にとって、その事実は何となく嬉《うれ》しい。

そして、それとは別に、こうして涼香と並んで歩いていることにも、一輝は不思議な安らぎを感じていた。涼香が口数の少ないのもあって楽しいおしゃべりがあるわけでもないし、今しているのは幼い頃に自分が犯した罪の償いという重苦しいことであるはずなのに、一輝は彼女と一緒に過ごしているこの時間を大切に思っていた。

(要するに、俺って惚《ほ》れっぽいのかなぁ……いやいや、そうじゃないだろ。第一、涼香と

はまだ知り合ってからほんの少ししか経《た》ってないんだぞ）

一輝はまだ人生経験が浅い。『魔王魂』の世界でのちょっとした冒険、一緒に死線をくぐり抜けた経験が、どれだけ絆《きずな》を深くするのか分からないのだから。

その時、ふいに懐かしい感覚を纏った空気が自分を包んだように、一輝は認識した。

「あっ……俺、ここ、知ってる……」

「知っていて当たり前だ。ここは一輝の実家がある街なんだから」

涼香の冷静な指摘にもかかわらず、一輝は住宅街の細い路地に小走りで向かった。

そこには……道の隅に並べられた小さな鉢植えの花の香りが……狭い庭先で飼われている雑種犬の吠《ほ》え声が……家の開け放した窓から台所にある鍋《なべ》の立ち上る湯気が……。

「この先だ……この先に確か……」

道端に放置されていた三輪車にけつまずきそうになりながら、一輝が曲がり角を駆け抜けると、そこに『こどもかん』と看板が掲げられた建物があった。

遅れてやってきた涼香に、一輝は告げる。

「昔、ここの図書室で読んだ……間違いない。『ウーブの夢』を俺はここで読んだんだ」

☆　　☆　　☆

こどもかんは、改築が間近に迫っているせいでガランとしている。

職員の一人、優しい顔立ちをした年配の女性に頼み込んで、整理中という本の束の中を捜し回った結果、一輝と涼香は遂に見つけた。

一冊の絵本、『ウーブの夢』を。涼香の生まれた世界を。

涼香は絵本を胸の前でギュッと抱きしめる。その瞳には涙が滲《にじ》んでいた。

「とうとう私は……ずっとこの日を……ありがとう、一輝。本当にありがとう」

涼香の喜びが大きいほど、一輝は辛い。

「礼なんて言うなよ……全部、俺のせいじゃないか。子供だった俺がワガママから『ゲート』を開いたりしたせいで、涼香は今まで一人で……ごめん……ごめん、涼香……」

どんなに謝っても謝りきれない心境の一輝だった。

今にも土下座でも始めそうな様子の一輝に、「気にするな」と声をかける涼香だったが、何事か思案を巡らした後、ほんのりと頬《ほお》を染めて言った。

「一輝がどうしても私に詫《わ》びたいのなら……その……私を抱いてくれないか？」

「えっ……？　あのぉ、それって、つまり……え～～～っ！」

「大きな声を出すな。それに私は処女ではないから気を使うことはないぞ」

「いや、そういう問題ではないんだけど……」

涼香からの突然の、しかも予想だにしない要求に、（これは冗談だ）と一輝は必死で自分に言い聞かせる。だが、それを徒労に終わらせる真摯《しんし》な告白が涼香の口から出る。

「処女ではないが……自分から誰かに抱かれたいと思ったのは初めてだ。私は今まで極力、この世界の人間との接触を自分から断ってきた。それが世界のバランスを崩さないことだと信じて……でも、お前だけは……」

一輝が「でも、俺は……」と躊躇《ためら》うのを見て、涼香は彼女らしい激しさを見せる。

「織本一輝！　お前はそれでも男か？　この意気地なしがっ！　サウドの軍勢が居並ぶ前で見せた、あの勇気はどこへやったんだ！」

ここまで女の子に言われて引き下がっては男ではない。そして、一輝も一応は男の端くれであった。

「勇気ならあるさ……やってやる……やってやるからなぁっ！」

しかし、そこは端くれだけあって、一輝はまるでタックルでもかますかのように涼香を抱きしめ、如何にも不器用に歯と歯がぶつかり合うキスから始めるのだった。

「はぁ……まったくお前という奴は……女に優しく口付けするのも、男の証しだろうが」

涼香に諭され、またも「ごめん」と謝る破目になる、一輝。

人気《ひとけ》のない古い図書室の片隅。一輝と涼香の唇が再びゆっくりと近付いていった……。

☆　　☆　　☆

「ふふっ……抱いてくれ、とは言ったが、そう簡単に抱かせるわけにはいかない」

理不尽なことを言い出した涼香は、図書室の本棚の間を縫うように一輝から逃げ回る。

『魔王魂』の中では兵士相手にあれほどのバトルをこなした涼香だ。本気で逃げたら一輝の手に負えるわけはない。おそらく涼香はこの状況にはしゃいでいたのだろう、図書室の机の上で一輝に追いつかれた時も、うつ伏せになってお尻を大きく掲げるその姿はどこか誘っているようにも見える。

だから一輝も背後から涼香の下半身を弄り、いきなり制服のスカートはそのままにショーツだけ引き下ろした。薄暗い室内に、輝くように艶《つや》やかな尻肉の丸みが露《あら》わになる。

「ひゃあっ！　もう……こんなのは、この世界を救ったヒーローのすることじゃないぞ」

「世界を救った？　ああ、『魔王魂』のことか。でも、あれは自業自得だからな。涼香の方がよっぽど……でも、ヒロインはヒロインでもエッチなヒロインだけどな」

一輝は尻肉の狭間《はざま》から秘裂へ伸ばした指、そこに付着したエッチな証拠、ぬるりとした愛液を涼香の眼前に示した。そのせいで一気にカァ〜ッと赤面する涼香が可愛《かわい》くて、いつもとのギャップを思うと可愛すぎて、一輝はいきり立っていた男根をズボンから解放し、ある意味、もっと窮屈であろう、彼女の秘唇へとねじ込んだ。

「あっ、いきなり、そんな……んあぁあああっ！」

狭い膣壁《ちつへき》が軋《きし》みながら、一輝の怒張を受け入れた。驚きと衝撃で涼香の背筋が反り返り、何かに耐えるように体も強張《こわば》る。

（しまった。調子に乗りすぎたかな。これじゃあ、本当にレイプでもしてるみたいで……）

慌てて一輝は愛撫を施そうとするが、涼香にはまだ服を着せたままだったので巧《うま》くいかない。辛うじて有効だったのは、ほつれた髪を含めてうなじに優しく舌を這わせたことだろうか。膣内にじわりと愛液の分泌が始まり、涼香の口からも甘い吐息が洩《も》れる。

「ごめん、涼香。俺、我慢できなくなっちゃって、つい……痛かったか？」

「一輝は謝ってばかりだな。大丈夫だ……うん、抱かれたいと思って抱かれるのはいいものだな。いつも考えていた。そんな風に抱かれたらどんな気持ちだろうって……」

その言葉には、涼香のこれまで送ってきた苛酷な人生が凝縮していた。

「もっと強くしてくれ……この感じを忘れないように……」

涼香への愛《いと》おしさが胸から溢《あふ》れそうになり、一輝はそれを激しい腰の動きに変えた。本に囲まれたホコリっぽい部屋に、二人の肉のぶつかり合う音が響く。

「あっ、くっ、はぁっ……いいよ、一輝……一輝ので、私の中が削り取られるようで……」

喘《あえ》ぎ声をなるべく抑えようと、涼香は机の端を掴んでいる。それでも途切れ途切れに出てしまう悩ましい声に、一輝の興奮は一気にピークに達してしまった。

「り、涼香！　また、謝らないといけないかも……もう、俺……！」

「一輝ぃっ！　こんなことを言うのも初めてだからな……中に……中に出してぇ！」

心では（いいのか、中出ししても…）と葛藤《かっとう》はあったものの、男根に脳はない。涼香の望みに応えて思いきり精を放ち、膣内は熱く濃い一輝の精液のぬめりで満たされる。

「はぁぁぁ……一輝ので中が熱くなっている。悪くない感じだ……」

「涼香……本当によかったのか？　出しておいてこんなことを言うのも……んんんっ！」

余計な気遣いを見せる一輝の口を、涼香は素早いキスで塞《ふさ》いだ。

「……私がいいと言ったんだから、いいんだ。それに……今度は顔を見ながら、頼む」

そして……その『今度』はすぐに始まった。

一輝がセーラー服を捲《めく》り上げると、そこには乳肉の膨らみが涼香の荒い呼吸に合わせて大きく上下していた。色素の薄い乳暈《にゅううん》が印象的に一輝の目に映る。

誰かが図書室に入ってきた時のため、という涼香の主張により、下着以外は服を着たままだった。趣味的な意味合いで異存のない一輝は、硬くなった乳首を指先で転がすと共に、スカートの中でも同じように硬く頭をもたげるクリトリスを苛《いじ》める。

「あうっ！　一輝の指、すごくイイっ！　ゴツゴツしてなくて優しくて……だから、私も一輝のをしてやる……あぁぁ、こんなに硬くて、それに熱い……！」

涼香の指が一輝の男根に触れた。その形状をじっくりと確かめるような丁寧な動きは、一輝にとってもどかしくもあり、嬉しくもあった。

相互愛撫がしばらく続いた後、先に音を上げたのは涼香の方だった。

「一輝……一輝の……その……ペニスを私のヴァギナに……入れてくれ！　そうしてくれないと、もうおかしくなりそうで……早く……お願いだ、一輝ぃぃっ！」

一輝は大きくスカートをめくり上げて涼香の羞恥《しゅうち》を煽《あお》ると、愛液で恥毛がべたりと貼《は》りついて剥《む》き出しになった秘所へゆっくりと……涼香にその光景を見せつけながら挿入した。

「あぁぁ……入っていく……私の中に一輝が……私のヴァギナが美味《おい》しそうに一輝のペニスを頬張っていく……こんな淫靡《いんび》な光景を私は……あっ、あっ、ダメェエエエェッ！！！」

　ビクンと体を震わせ、挿入だけで涼香は達してしまった。どうやら今回のセックスで、急激に涼香の性感は開発されてしまったようだ。その後も一輝が膣の上側を亀頭でかきあげるように浅く抽挿《ちゅうそう》しながら、時折突き上げるように深く男根を埋めてやるだけで、涼香は歓喜の涙を流しながら何度も達し続けた。

「一輝ぃ、一輝ぃっ！　私、またイッちゃう……何度もイッてるのに、イッちゃうぅっ！　でも、それがすごく嬉しい……忘れないから……忘れられないよぉぉぉっ！！！」

　ふいに涼香が体をたゆませ一輝に抱きつくと、絞るよ

うな勢いでオーガズムに届いた膣がキュウッと男根を締めつけた。これには堪《たま》らず、一輝も欲望を弾《はじ》けさせる。

痛みを感じるほどの勢いで精液を撃ち出したことで、力を失った男根が引き抜かれる。

すると、まだ充血したままの涼香の膣口からとぷとぷと白濁した液がこぼれた。

「あっ……中から溢れて……すごいものだな。私の中にこんなにいっぱい……」

自分の言葉に刺激されたのか、涼香の太股にヒクッと小さな痙攣が走って、とぷん！と二人の行為の名残が溢れ出し、彼女のスカートの襞《ひだ》を白い雫《しずく》で染めた……。

☆　☆　☆

……互いの肌の温もりを直《じか》に感じる時間が終わりを告げた後、身繕いをした涼香はやや唐突に「一輝の『ゲート』の力の封印に少しだけ猶予を与える」と言い出した。

「えっ……？　いいのか？　ということは、自分のいた世界にもまだ……」

「戻らないつもりだ。ワガママを言ってすまないな」

涼香は複雑な表情で一輝を見つめる。

「……一輝にはもっと知ってほしいんだ。物語から呼び出された者の気持ちを」

一輝には涼香の意図が分からない。ただ、「うん、分かった」と短く答えるだけで。

そして……『夜行探偵2』の発売日はもう間近に迫っていた。

# ファイル5　『夜行探偵2～蛭王再醒　特別限定版』

本日は、『夜行探偵2』の発売日である。

予約しておいたそれをショップで手に入れ……息せき切って自室に駆け込み……焦る気持ちを抑えつつ開けたパッケージからCDを取り出し……インストールの終了を今か今かと待ち焦がれる……といった展開が一輝の手によって行われるはずだった。

しかし、今、『夜行探偵2』を手に入れることは入れていたが、一輝はまだ未開封のパッケージ、その表面にプリントされた和歌那の姿を見ながら、自室でぼんやりとしていた。

「呼び出された者の気持ち……か」

ふと洩《も》らした独り言は、先日、涼香に言われた言葉だ。涼香はそれを知ってほしいと『ゲート』の力の封印を保留したわけだが、一輝にはいまだ彼女の真意が分からない。そのことが、待ちに待っていたはずの『夜行探偵2』を前に一輝を悩ませていたのだ。

(う～ん……単純に考えれば、涼香は能力を封じなかったわけだから、『ゲート』を開いたっていいはずだよな。でも、涼香は『ゲート』を使って物語の人物を現実の世界に呼び出すのは嫌っていたし、それに最後にあんなことも言い残していったんだよなぁ……)

涼香が言い残していった言葉とは、「私はいつもお前を見ている……」だった。

照れ臭いというか少し嬉《うれ》しい反面、それは一種の警告のようにも一輝は感じていた。

「え～い！　ごちゃごちゃ考えててもしょうがない。とにかく、和歌那さんとはもう一度会うって約束したんだ。人として約束を守るのがスジってもんだよ」

自分と、そしてここにはいない涼香を納得させるようにそう口にすると、一輝はパソコンを立ち上げ、『夜行探偵2』のインストールを始めた。

だが、インストールが終了するまでの間、今にも涼香が現れるのではないかと辺りをキョロキョロ見回す、落ち着かない一輝の姿があった。

「……ふぅ、やっと終わったか。よ～し、始めるか……始めちゃうぞ……始めよう!」

渋いジャズ風のBGMが流れる中、パソコンのモニター上でオープニングのムービーが始まる。それが終わると、『夜行探偵2～蛭王再醒』とメインタイトルが浮かび上がった。

以前に『ゲート』の力で呼び出した和歌那と再会するべく、一輝は体験版のデータを使ってプレイしている。そのため導入部の展開は既読スキップが可能なわけだが、和歌那のシャワーシーンではなぜかそうしなかった。

(これは別に和歌那さんの裸をじっくり見たいからじゃないぞ。このシーンこそは俺が初めて『ゲート』を使って和歌那さんを呼び出した、記念すべきシーンだからであって……)

心の中で自己弁護しているのが、逆に怪しい。

ともかく、その後、ゲームは主人公である四谷探偵が調査を始めるシーンへと移り、それが一通りすむと、再度、和歌那の登場となった。

勤め先のフラワーショップでかいがいしく働くエプロン姿の和歌那に、一輝は見惚《みほ》れ、ほのぼのとした気分になる……と、そこまではよかった。

しかし、一輝は失念していた。このゲームがラブコメではなく、『夜行探偵2～蛭王再醒』というおどろおどろしいタイトルのサスペンス・ホラーだったということを。

閉店間際で店じまいに追われていた和歌那が、「実は……妹の繭さんは大変なことに巻き込まれています」と告げる謎《なぞ》の人物からの電話で公園へと呼び出される展開に、一輝は物語を楽しむレベルではなく、本気で不安に駆られていく。

その不安は、公園にて和歌那が『生臭い血の匂《にお》いを漂わせる』と描写つきの怪しげな男たちに拉致《らち》されるに至って、現実的な恐怖へと変わった。

「これって……危機一髪のところで、四谷探偵が助けに来るんだよな。まだ序盤だもんな。アイツだって一応、主人公だもんな……頼むぞ、おい、四谷っ！」

祈るような気持ちの一輝を尻目《しりめ》に、ゲーム内のシーンは暗い地下室へと……。

☆　☆　☆

和歌那「うぅ……ん……えっ、ここは……」

鈍い頭痛に苦しみながら、和歌那は意識を取り戻した。気を失っている間、かなり手荒に扱われたようで、体中が打ち身のように痛むのに耐えて和歌那は身を起こす。

漆喰《しっくい》の剥《は》げかけたカビだらけの壁に、半ば朽ちかけた床板……湿った空気に土の匂いが混じっているようで、どうやらここは荒れ果てた地下室らしい。

和歌那「ここは一体……どうして私が……きゃあっ！」

驚愕《きょうがく》の悲鳴、その原因は突然、和歌那の周囲に小さな灯《あか》りが点ったからだ。

　気付くと、無個性な外見の中に不気味な何かをたたえた男たち数人がぐるりと和歌那を取り巻き、無言で立ち尽くしていた。灯りは男たちがそれぞれ一本ずつ手に持つ赤褐色の蝋燭《ろうそく》のせいであり、今まで彼らの気配に気付かなかったことに、和歌那は恐怖を感じる。

男「儀式を行う……」

　男の一人が一歩前に出てきて、こもったような低い声で言った。

和歌那「儀式？　なんのことですか……イヤです。私をここから帰してください！」

　和歌那の必死の声にも、男たちは何の反応も示さない。

男「……この女は御主人様への貢物だ……だが、この女の中に宿る光は強すぎる。この女は我々に汚されなければならない。その後に御主人様の花嫁として……」

　一体何を言っているのか、和歌那には理解不能だ。し

かし、自分の身に危険が迫っているのはひしひしと感じ取ることができた。

和歌那「イヤ……イヤぁああっ！　誰《だれ》か……助けてぇっ！」

助けを求める和歌那の叫びも虚《むな》しく、男たちの輪が一歩、また一歩と狭められていく。

やがて、一人の男の手が和歌那の服を引き裂かんと……。

☆　☆　☆

モニター上の光景、和歌那を凌辱《りょうじょく》しようと男たちが群がっていくそれに、一輝は思わず叫んだ。

「そ、そんな……ダメだぁああっ！　開け、『ゲート』！」

急いで『ゲート』を開いた一輝は、和歌那が凌辱される寸前でなんとかこちらの世界に呼び出すことに成功した。しかし、和歌那はパニックに陥ったままだ。

「いや……やめて……いやぁっ！」

「和歌那さん、落ち着いて！　俺だよ、一輝だよ。もう大丈夫だよ、和歌那さん！」

怯《おび》えてブルブルと震えている和歌那の肩を抱いて、一輝は必死に声をかけた。その甲斐《かい》あって、和歌那の目の焦点がやっと正常に戻っていく。

「か、一輝…君？　本当に一輝君なの？　私……私……もうダメかと……」

自分が助けられ一輝の部屋にいることを認識し、和歌那の大きな瞳《ひとみ》からポロポロと涙がこぼれて、ふっくらとした頬《ほお》を濡《ぬ》らす。

不謹慎だとは思ったが、そんな和歌那を一輝は一瞬「綺麗《きれい》だ……」と思ってしまう。それを内心で恥じて、すぐに励ますように声をかける。

「安心して、和歌那さん。もう心配ないから……大丈夫だから！」

気休めではなく、この時は本当にそう確信して一輝は口にしていた。

後に、それが大いなる過ちだったと思い知らされるのも知らずに。

☆　☆　☆

少し時間はかかったが、ようやく平常心を取り戻した和歌那を一輝は外へ連れ出した。

謎の男たちに襲われた際に軽い怪我《けが》を、そして頭も打っていたため、一応病院で診てもらおうというのが一輝の考えだった。

その途中でのことだった。

病院へ向かうタクシーの中でも、和歌那はまだ少し虚《うつ》ろな眼差《まなざ》しのままで、それを車窓の外に向けていた。一輝がどう慰めればいいのか思いつかず途方に暮れていると、車外に何かを見つけた和歌那の顔にふいに衝撃の表情が浮かんだ。

「停《と》めて……車を停めてください！」

和歌那はそう叫ぶと、急停車したタクシーのドアを自分で開けて外へ飛び出した。

「ど、どうしたの、和歌那さん？　ちょっと危ないってば！」

慌てて支払いをして一輝が追いかけると、和歌那はショックと放心が入り混じった表情で立《た》ち竦《すく》んでいた。彼女の視線の先にあるのは、ゲームショップだ。壁やショーウィンドーに雑然とゲームのポスターやポップが貼《は》りつけられていて、中でもひときわ目立っていたのは、本日が発売日の……『夜行探偵2』だった。

「なんで……なんで私がこんな風に……これって一体、どういうことなの？」

真っ青な顔で、和歌那は自分が神秘的な表情でおさまっているポスターを凝視する。

「一輝君、この世界は私のいる世界とはパラレルワールドだって言ってたわよね……なのに、どうして……一輝君、答えて！」

「和歌那さん……」

やっとそう口にするだけで、今は答える言葉のない一輝であった。

☆　☆　☆

和歌那の希望で病院をキャンセルし、二人は一輝の部屋に戻ってきていた。

へたり込むようにソファに腰を下ろしている和歌那。一輝が好きだった彼女の優しげな顔立ちが、今は見る影もなく、硬く強張《こわば》っている。

「……和歌那さん、何か飲み物でも……コーヒーでも淹《い》れようか？」

一輝の気遣いに対して和歌那からの返事はない。少ししてふいにハッとしたような表情で立ち上がった和歌那は、視点の定まらない目で辺りを見回す。

「連絡しなくちゃ……お父さんも繭ちゃんも私がこんなに遅くなって、きっと今頃《いまごろ》心配を……せめて電話でもしないと……」

「慌てなくても大丈夫だよ、和歌那さん。『ゲート』を開けてこっちの世界に来ている間は、その……ゲームの中の時間は停止したままだから」

「ゲーム……？　やっぱりさっきのあれは……一輝君、ちゃんと教えて。私が何なのかを」

一輝は観念して、和歌那に全てを明かす。

自分がウソをついていたことを。最初から偶然などではなく、自分の意志で『ゲート』の力を使って和歌那をこちらの世界に呼び出したことを。そして……和歌那がゲーム『夜行探偵2』の中に登場するキャラクターの一人であることを。

「そう……私は一輝君とは本質的に違うのね……私はゲームのキャラクター……」

フッと脱力したように呟《つぶや》いた和歌那は、一輝の説明の証拠たる『夜行探偵2』のマニュアルやゲーム雑誌の記事に目を通す。

「……主人公は四谷さんなのね……繭ちゃんもいる……芝原和歌那、やっぱり私だわ」

その時、和歌那の表情が急に曇った。雑誌記事の中にあった『夜行探偵2』のゲーム画面の抜粋に自分の姿を見つけたのだ。それも、『休む暇もなく次々と男たちに犯されて…』という酷なキャプションがついているのを。

「やっぱりそうだったのね……あの時、一輝君に呼び出されなければ、私は……」

「いや、その……でも、こっちの世界に来ていれば安全だから……」

自分の正体を知った和歌那は冷静だ。そして、賢明でもある。安易に励ます一輝とは違い、すぐにその発言の矛盾点を指摘した。

「でも……その間、ゲームの中の時間は止まっているわけでしょ？　ということは、私が戻ったら、また私はあの男の人たちに……そうでしょ、一輝君？」

「そ、それは……」

言葉を失う一輝に対して、和歌那は矢継ぎ早に言葉を叩《たた》きつける。

「一輝君、私は作り物なの？　私の人生全部、誰かが作ったものなの？　この方が面白いからって理由だけで、怖い目に遭ったり、襲われたり……一輝君もそれを見て楽しんでたの？　所詮《しょせん》、ゲームだからって思って……どうなの、一輝君！」

初めて和歌那が一輝に見せる激しさであった。

そう、どんな時でも春の陽射《ひざ》しの如《ごと》く穏やかな……そんな女性は現実にいない。たとえ和歌那がゲームのキャラクターだとしても、それは変わらない。

「あっ……ごめんなさい、一輝君。別に一輝君のせいじゃないのに私ったら……一輝君は私のことを助けてくれたっていうのに……」

自らの非に気付き、すぐに謝罪する和歌那はやはり優しい。

今の状況ではそれが逆に痛々しく思えて、和歌那にかける言葉が見つからない一輝は、「とりあえず、しばらくはこっちの世界で……」としか言えなかった。

☆　　☆　　☆

翌朝、一輝の目覚めは遅かった。

憧《あこが》れの女性である和歌那と一つ屋根の下で過ごす夜に、悶々《もんもん》として眠れなかったわけではない。ましてや、男物のワイシャツ一枚を寝間着代わりとした和歌那の悩ましい寝姿に、一輝流に言うところの1Pプレイ、つまりズリセンを一晩中コイていたわけでもなかった。

一輝が寝つかれなかったのは、これからどうするかを考えに考えていたせいだった。

(……でも、結局、朝方まで何の結論も出なかったんだよなぁ……和歌那さんはどうだったんだろ……よく眠れたのかなぁ……ん？　なんかいい匂いがしてくる……)

和歌那にベッドを譲ったため、狭苦しいソファから体を起こした一輝がまだボーッとした意識ながらいい匂いの発生源が台所からだと認識すると、そこから声が聞こえてきた。

「……はい、じゃあ、これを盛りつけてね、紗夜ちゃん」

「OK！　皿は……これでいいのかな？」

「もうちょっと大きめの……あっ、こっちの方がいいかしら」

(話し声？　どうやら朝食を作ってくれてるみたいだけど、一人は和歌那さんとして……もう一人は誰だ？　まさか和歌那さんがはしゃいで一人芝居してるわけじゃあ……)

無論、そうではなかった。目を覚ました一輝に気付いて「おっ、やっと起きたね」と声をかけてきたのは、休日の朝ということで遊びに来た紗夜だった。紗夜は和歌那と面識があり、一輝の従姉《いとこ》だと紹介されていたのもあって、二人はすっかり意気投合している。

炊き立てのご飯に、アジの干物、出汁《だし》巻《ま》きたまご、豆腐の味噌汁《みそしる》に大根の浅漬け等々と、和歌那と紗夜の競作による朝食を、現状に頭がついていかないまま有難く頂く一輝はその食卓の場においても二人の仲良しぶりを目の当たりにする。

「……和歌那さん、お父さんとちょっと喧嘩《けんか》して家を飛び出してきちゃったんだってね。うんうん、アタシもそういう時あるから分かるよぉ」

「ありがとう、紗夜ちゃん。でもね、別にお父さんを嫌いだってわけじゃないのよ」

「それも分かってるって！　アタシだってそうだもん」

しかし、やはり一輝が従姉とはいえうら若き女性と同居するのは気になるのだろう、朝食後、紗夜は「今夜からはアタシの家に泊める」と、有無を言わせぬ決定事項という感じで和歌那を連れ去っていってしまった。

二人を見送る一輝は何となく疎外感を覚える一方で、別のことも考えていた。

（和歌那さんが巧《うま》く説明してくれたみたいで、門倉も納得してたようだけど……やっぱりマズかったよなぁ。門倉に和歌那さんを部屋に泊めてるところを見られたのは……）

そう考えると、和歌那と紗夜が今頃二人きりで何を話しているのか、気になって仕方ない一輝であった。

☆　　☆　　☆

「……へぇ、そうなんだ。でも、和歌那さんと違って、アタシ、胸ないからなぁ」

「そんなことないわよ。紗夜ちゃんなら絶対似合うはず。私が保証するわ」

紗夜が自分の家に和歌那を案内していく道すがら、最初は当たり障りのないファッションの話題等を展開していたのだったが……ふと思い出したように、和歌那が話題を振った。

「紗夜ちゃん……もしかして、私、二人のお邪魔をしちゃったのかしら？」

「えっ？　お邪魔って……あっ、やだ、和歌那さん。アタシと織本はそういうんじゃないですから、あの、ホントにそんなことは……」

「本当に……？　でも、紗夜ちゃん、一輝君の部屋の鍵《かぎ》を持っていたでしょ？」

「いや、あれは成り行きというか……アイツ自身も渡したの、忘れちゃってるみたいで」

「でも、好きなんじゃないの？　一輝君のこと」

和歌那の醸し出す母性的な雰囲気に負けて、紗夜はとうとう本音を口にする。

「そのぉ……織本って決断力に欠けるっていうか、回りくどい言い方とか何となくそれっぽいこと匂わすだけで……そんな風だとアタシの方まで自分の気持ちが分からなくなっちゃって……イヤだとか嫌いとかじゃないんですよ。でも……」

「ふふっ、でも……好きなのよね、一輝君を」

重ねてそう指摘され、紗夜の顔は夕焼けに照らされたように真っ赤になった。

「と、とにかく、織本は優柔不断なんですってば！　和歌那さんからも言っといてよね」

慌てて照れ隠しからそんなことを口にする紗夜を、彼女の一途な想《おも》いを、和歌那は微笑《ほほえ》ましく感じる。それと同時に、和歌那の胸の奥には微《かす》かに苦いものがうずいていた。

その二つが、紗夜にウソをついていることを耐えられなくさせる。

「ん？　和歌那さん、どうしたの？」

歩を止めて立ち止まり、うつむく和歌那の顔を、紗夜が心配そうに覗《のぞ》き込んだ。

「紗夜ちゃん……私、あなたに言わなくてはいけないことがあるの」

紗夜を真正面から見つめるため、和歌那の顔がゆっくりと上がっていった……。

☆　☆　☆

その頃、自室に一人取り残された形の一輝は、和歌那の凌辱シーン回避を模索していた。

「なんか前にもこんなことがあったような……あっ、イーリーの解体バッドエンドの時か。でも、今度の場合はあの男たち、レンフィールド、半吸血鬼だったっけ。そんな化け物になったあいつらを説得するってわけにも……」

イーリーの時と同様にネットで『夜行探偵2』の情報を探ってみたところ、例の凌辱シーンはファーストプレイの際に必ず起きるイベントのようで、それもバッドエンド直行という救いのなさで、一輝にとって知らない方がよかったというものだった。

思考の迷宮にはまってしまった一輝が「いっそ、和歌那さんにはこっちの世界でずっと暮らしてもらうってのも……」と本音ではあるが、本末転倒な解決策を口にした時だった。

「一輝……今すぐにでも『ゲート』の力を封印するぞ」

ボソリと低い声でそう一輝に脅しをかけたのは、いきなり部屋に姿を見せた涼香だ。

「りょ、涼香！　今のは一つのアイデアにすぎないわけで、決して俺もそれが最善の策だとは……って、それにしても相変わらず神出鬼没だよな、涼香は」

以前に涼香の残した言葉、「いつもお前を見ている……」はダテではなかったようで、既に和歌那の件も知っているのだろう。一輝の軽い調子にも乗らず、涼香は冷静に告げる。

「一輝から見たらゲームかもしれないが、あの世界の全てが和歌那という人の人生なんだ。家族もいる。友人もいる。そして、思い出も……。お前ならそれを捨てられるか？」

「いや、たぶんできない……」

「そして、私の場合は子供だったからまだよかったが、彼女はもう大人《おとな》だ。戸籍のない人間がこの現実世界で幸せに生きられると思うか？　それを一輝がどうにかしてやることができるのか？」

「できないよっ！　そんなの俺だって分かってるさ。でも……！」

正鵠《せいこく》を射た涼香の意見に、一輝はつい八つ当たりで言葉を荒らげてしまった。

気まずい沈黙が二人のいる部屋を包み込む。

その時間が、一輝にいろいろと考えさせる。

（もしかして、涼香が前に「物語から呼び出された者の気持ちを知ってほしい」って言ったのは、今のこの事態を予期してのことなのか？　だから、あえて涼香は俺の『ゲート』の力を封印しないで……でも、やっぱり分からない。涼香はなんで俺にまるで試練みたいな、そんなことを……）

一輝が実際にその疑問を涼香にぶつけてみようとした時だった。

部屋のドアが乱暴に開かれ、和歌那から事情を全て聞いた紗夜が怒鳴り込んできたのだ。

「織本ぉ！　和歌那さんから話は聞いたわよ。でも、もう一度、アンタの口からちゃんと説明を……って、ちょっと、この女の子、何よっ！」

入ってくるなり涼香の存在に気付き、困惑からきていた紗夜の怒りは、すぐさま嫉妬《しっと》のそれへと変貌《へんぼう》した。

「和歌那さんに話を聞いたって……あっ、門倉、この涼香のことだったら……」

「リョウコ〜？　名前を呼び捨てにしてるなんて……ちょっと、織本は黙ってて！」

紗夜は一輝を押しのけ、直接、涼香に詰め寄る。「アンタ、誰なの！」と。

「私は、深水涼香……『ゲート』を封じる者だ」

「『ゲート』？　じゃあ、アンタも知ってるのね……って、今はそういう問題じゃなくて。アンタが織本とどういう関係にあるかってのを聞きたいのよっ！」

「私は……一輝の友だ。あと、付け加えるならば、一輝とは一度……」

「わっ、わっ、わ〜っ！　ちょっと待て、涼香！　お前、一体何を言い出すつもりだ！」

慌てて紗夜と涼香、両者の間に乱入する、一輝。

不審も露《あら》わに「ふ～ん、聞かれたらマズいことがあるんだ」とジト目になる、紗夜。

無表情ゆえに何を言い出すのか分からない、涼香。

三者三様の中、紗夜に少し遅れて部屋に入ってきた和歌那が目を丸くして呟く。

「あらあら、一輝君……いきなり修羅場なのねぇ。私も参戦しちゃおうかしら」

口調は穏やかだったが、言っている内容はそうでもない和歌那であった。

そして……一輝が全ての事情を紗夜に明かすことで、ようやくラブコメ風ドタバタ劇は一応おさまった。さすがに涼香とエッチした件だけは隠していたが。

「……じゃあ、ホントに本当なんだね。和歌那さんがゲームから織本が呼び出したキャラクターだってのは……そして、この子、涼香も絵本の中の人物で……」

念を押すように紗夜がそう確認したところから、一同による和歌那の凌辱シーンを回避するための相談が始まる。

「和歌那さんがいないまま、その……暴行のシーンを飛ばしちゃえばいいんじゃない？」

「ダメなんだ。和歌那さんが存在しない状況だと、ゲームは進まないんだ」

「む～っ……じゃあさ、和歌那さんを襲うそのレンフィールドとかって奴《やつ》らをやっつけちゃえばいいんじゃない？　どうせザコキャラなんでしょ、そいつらって」

「……それは危険だな。私が思うに、回避できないイベントという以上、ゲーム内に強制力が働いて無敵状態になってるかもしれない。返り討ちに遭うのがオチだ」

同じ女性として許せないと思ってか、紗夜は次々と対策を講じていったが、それはことごとく否定されてしまった。紗夜の憤りはやがて悲しみに至り、その目に涙が滲《にじ》む。

「どうしてよ……グスッ、どうしてなんとかならないのよ、織本っ！　アンタが『ゲート』とかってのを開いたんでしょ。だったら、責任取りなさいよっ！」

「紗夜ちゃん……ごめんなさい、私のせいで……それと、一輝君を責めないであげて」

「和歌那さん……アタシこそごめん。本当に泣きたいのは和歌那さんなのに、ね。うん！　アタシ、まだ諦《あきら》めないよ。大体、悪いのは織本よりもこんなゲームを作った奴らだよね。アタシ、もうセクハラでゲーム会社を訴えたいって感じよっ！」

ヤケ気味に口にした紗夜の言葉が、一輝に閃《ひらめ》きを与えた。

「奥の手……かもしれないな。このアイデアは」

☆　　　☆　　　☆

翌日。一輝は『夜行探偵2』の開発元であるゲーム会社、『Ubik』を訪れた。

繁華街にある小綺麗なオフィスビルの中、『Ubik』はそのワンフロアを丸ごと占有していた。まずはフロアの入口の前で『Ubik』で働いている友人の衛司を一輝は待つ。

「よぉ、待たせたな、一輝。どうだ、『Ubik』を直接見た感想は？　お前もこれでバイトする気に……あっ、今日はその話じゃなかったな。けどよぉ、昨日、電話でお前から聞かされた……『ゲート』だっけ？　あんな話を信じろって言われてもなぁ……」

和歌那を実際に見てもらうとか、目の前で『ゲート』を開いてみせるといった、能力を公にするような行為は涼香から禁じられていたので、一輝は情にも訴えて必死に衛司を説得する。結局のところ、衛司は半信半疑のままだったが、なんとか一輝は『夜行探偵2』のライター兼ディレクターの『久保《くぼ》』という人物を紹介してもらうまでに漕《こ》ぎつけた。

応接室に通された一輝の前に、如何《いか》にも業界人といった、絶対にサラリーマンには見えない風貌の男、久保が姿を見せた。一輝は衛司にそうしたのと同じに、久保に事情を一通り説明する。『ゲート』のことを。『夜行探偵2』から呼び出した和歌那のことを。そして、ファーストプレイにおける彼女の凌辱シーンを回避する方法はないかと。

「ほぉ……現実の和歌那ねぇ。キャンペーンガールにでもなってくれたら、話題になるだろうな、うん」

開口一番、久保はそんなことを言った。半信半疑だった衛司に比べて、ほとんど一輝の話を信じていないようだ。まあ、無理もないことだが。

それでもノリがいいのか、久保は話には乗ってくる。

「まっ、結論を言えば、通常の方法では凌辱シーンの回避は無理だな。プログラムをいじってそのシーンを強制スキップして別のルートに入るって手はあるが」

「えっ……じゃあ、それを是非ともお願いします、久保さん。俺のできることだったらタダ働きでも何でもしますから、なんとかそのプログラムの調整を……！」

ようやく光明が見えたと、形振《なりふ》り構わず頭を下げまくる一輝だったが、久保はその頼みにイエスともノーとも答えず、急に話題を変えてくる。

「織本くん、だったたな。君は今までエロゲーの凌辱シーンを楽しんだことはないのかな？」

「えっ……？　あっ、その、俺はあんまりそういうのは……」

「まっ、人それぞれ趣味はあるからな。じゃあ、質問を変えよう。ゲームの中に凌辱シーンが出てきたら、君は即、プレイを中止してしまうのかな？　こんなヒドいシーンがあるゲームなんて絶対に許せない、とか思って」

ここにきてやっと一輝は、久保の質問の意味が理解できた。だから、言葉を返す。

「でも……和歌那さんは……彼女はフィクションの人物じゃないんです。実際に俺と話をして……泣いたり、笑ったり、感情だってちゃんと……」

「仮に君の話を全面的に信用するとして、だ。有難いことに『夜行探偵2』は全国に何万本も出回っている。君にとって、その何万本ぶんの和歌那はどうでもいい、関係ないってことになるのかな」

「いや、そういうことでは……だから、俺としては今……」

言葉に詰まる一輝を前に、久保は煙草《たばこ》に火をつける。フーッと大きく吐いたその煙は、まるでため息のようにも見えた。

「和歌那が男たちに凌辱される……あれが一種のサービスであるのは否定しないが、俺もそれだけのつもりであのシーンを作ったわけじゃない。俺はなぁ、織本くん、ユーザーにとって快楽原則ばかり、つまり心地良いだけの物語では意味がないと思ってるんだ。衛司の話だと、君もプロの物書きを目指してるんだろ。だったら、分かってもらえるはずだが」

一輝は、プロとしてのプライドを見せる久保に対して自分が恥ずかしくなった。プログラムの変更を要求するということは、彼にリテイクを出すような失礼なことだったのだ。

(そうだった……作者の魂のこもっていない作品は『ゲート』が開けなかったんだよな。そして、この人が和歌那さんを創造したから、俺は和歌那さんと出会えたわけで……)

一輝は納得せざるをえなかった。久保に対して「ありがとうございました」と一礼すると、『Ｕｂｉｋ』から立ち去った。

だが、(仕方がない)と諦める気にはなれないのも、また一輝の中の真実であった。

☆　☆　☆

失意のうちに一輝が自室に戻ると、そこには和歌那の姿しかなく、一緒に帰宅を待っているはずの紗夜が不在だった。

「……和歌那さん、門倉は？」

「紗夜ちゃん、『もっと動きやすい服がいいんじゃないの』って言って、自宅にそれを取りに行ってくれて……いい子ね、紗夜ちゃんって」

どうして『動きやすい服』が必要なのか……それはあえて一輝も尋ねない。確かに、ブラウスに長めのスカートという今の和歌那の服では、ろくに抵抗すらできないはずだ。和歌那自身も既にゲームの中に戻る覚悟を決めているのか、苦渋の表情の一輝に向かっていつもの優しい笑みを見せる。

「ダメだったんでしょ？　ゲーム会社の方は」

「えっ……どうして、それを……？」

「紗夜ちゃんが言ってたわ。『もしも解決策が見つかってたら速攻で電話してくるはずよ』って。それと、『アイツはいつも言いにくいことは先送りにする』とも、ね。紗夜ちゃん、一輝君のことならなんでも分かっちゃうんだ。ちょっと、妬《や》けちゃうな」

そして、和歌那は一輝の最も聞きたくない言葉を告げる。

「一輝君……紗夜ちゃんが帰ってきたら、『ゲート』を開いて。これ以上、私がこの世界にいると一輝君たちを悲しませるだけだから……」

「和歌那さん……俺……俺……」

「ダメ、ダメ、そんな顔しちゃぁ。私が襲われるっていっても、ゲームの中のことなんだから……それに、私だけ助かったりしたら、他の沢山いる和歌那にも悪いかなぁって……」

大粒の涙で目を潤ませながらも、精一杯明るく振る舞おうとする和歌那は、やはり一輝にとって大人の女性であった。

一輝もその和歌那に見合うように、少しでも追いつきたいと願う。だから、「ごめん…」と謝ろうとした自己満足にすぎない言葉を喉《のど》の奥に押し込んで、別の言葉を口にする。

「和歌那さん……俺とデートしてくれないかな」

「えっ……でも、もうじき紗夜ちゃんも帰ってくるだろうし……」

「大丈夫。時間は全然かからないから……っていうより、『ゲート』の力で時間を作る」

顔に『？』というマークを貼りつけたような和歌那の前で、一輝はいつも使っているパソコンではない、セカンドマシンのノートPCを持ち出した。

「行こう、和歌那さん。君の世界へ」

ノートPCに新たに『夜行探偵2』を立ち上げた一輝はそう言って、和歌那の手を取った。そして、眩《まばゆ》い光を放つ『ゲート』の中に二人は……。

☆　☆　☆

どこにでもありそうでいて、現実世界においてはどこにもない街角。

『ゲート』をくぐった一輝と和歌那は、『夜行探偵2』の世界にいた。

「今、俺が住むあっちの世界の時間は止まっている。だから、俺たちがここにいる間は、和歌那さんが自由に使える時間だよ」

「ということは……ここにもう一人の私がいるってことよね。だからなのかしら。よく見知った街なのに、なんだか不思議な気分……」

「俺は画面でしか知らないから、案内は和歌那さんに頼むよ」

「はい、頼まれました。ふふっ……」

そうイタズラっぽく笑って、和歌那が一輝の手を引っ張る。『ゲート』をくぐる際に繋《つな》いだ手はそのままだったわけで、今の二人にとってそれは自然なことだった。

二人は特に目的もない風情で街をぶらついていく。ただ一緒に時間を共有しているだけで、今は充分だったのだろう。

これが最後のデートだと思うと、一輝も素直に自分の個人的な悩み、将来の夢への不安を和歌那に向かって正直に吐露する。

「……単純に言えば、自信がないってことなんだ。他人を楽しませるような物語を作る才能なんか、俺には本当はないいんじゃないかって思っちゃうんだ」

「誰でもそうよ、一輝君。私だって例外じゃないわ」

「えっ、和歌那さんも？」

不思議がる一輝に、和歌那は服の胸元から小さな金のメダルを下げたペンダントを出して見せた。

「でもね、そんな時はお母さんの形見の、このペンダントを見て自分を励ますの。そうしてると、なんだか亡くなったお母さんがそばにいるような気がして……あっ、ちょっと、歳《とし》に似合わず、少女チックだったかな」

「そんなことないって。うん……和歌那さんなら、そんなことは……」

「ふふっ、ありがとう。だからね、一輝君も何かを……あっ、別に形見とか物じゃなくてもいいのよ。例えば、好きな女の子の存在とか、自分が頑張ろうって思えるものがあればいいのよ」

暗に誰かのことを仄《ほの》めかしている和歌那のアドバイスに、「今ので、ちょっと自信がついたよ」と微妙に論点をずらす一輝であった。

そんな会話をかわし和歌那を身近に感じていくにつれて、一輝の中には彼女への愛《いと》おしさが募っていく。

そして、現実世界では時間が止まっていても、ゲーム内での時間は流れて夕方近くになる。一日の終わりを実感させるそれが和歌那との別れまで予感させ、一輝は自分でも言ってはならないと思っていることを言ってしまった。歩き疲れて公園のベンチで一休みしていた時に、その言葉が一輝の口をついて出てしまった。

「和歌那さん……やっぱり、俺、戻ってほしくない。俺のいる世界で一緒に……何があっても俺が和歌那さんのことを守るから！」

愛の告白とも受け取れる一輝の発言に対して、和歌那はいつものように微笑みを返す。

「ありがとう、一輝君……でもね、作られたものかもしれないけど、やっぱり私の人生だもの。逃げないで立ち向かいたいの。きっと乗り越えてみせるから」

「和歌那さん……」

「ふふっ、心配しないで。こう見えても、私ってしっかり者なのよ。夏休みの宿題だって早めにきっちり片付けるタイプだったし」

一輝を安心させようと、和歌那はそんな風に話題を明るい方へと振り向ける。それが自分の想いをぶつけるのはワガママでしかないと一輝に気付かせ、彼もまた無理に笑顔を作って話を合わせる。

「ハハッ、そうなんだ……俺はいつもギリギリになってから慌てちゃうタイプだったな。せっかくの夏休みなんだから、まずは思いっきり遊ばないと心残りがあるって感じで」

「心残り……そう、心残り、か」

そう口の中で呟いた和歌那は、フーッと小さくため息をついて一輝を改めて見つめる。

「一輝君……これから、私の家に寄ってくれない？」

少し思いつめたような和歌那の表情に、一輝はわけも分からずただ頷《うなず》いた。

☆　☆　☆

この世界での自分と出会わないようタイミングを見計らって、和歌那は自宅へと一輝を連れていった。

ところが、その自宅の前でちょっとしたハプニングが起きた。

学校から帰宅して友達の家へ遊びに行こうと玄関を出てくる『有坂繭《ありさか》』、和歌那にとっては妹のような存在の彼女と、二人は出くわしてしまったのだ。

「あっ、和歌那お姉ちゃん！　どうしたの、こんな時間に。まだお店の方は……あれ～っ、後ろにいる男の人ってぇ、もしかして、もしかしたら、和歌那お姉ちゃんの……」

「あっ……うん、私のボーイフレンドよ。織本一輝君」

「へぇ～、お姉ちゃんって年下好みだったんだ。はじめまして、繭で～す！　一輝さん、お姉ちゃんのこと、よろしくね。さっ、お二人の邪魔しないよう、退散、退散っと」

和歌那に『ボーイフレンド』と紹介されたことでドギマギしてしまい、一輝は繭に「どうも……」としか言葉が出ない。その一方、ゲーム冒頭にて公園で男を襲っていた、異形の姿の繭を見てしまっていたので、今の彼女の明るさと比較すると一輝の心は重くなる。

そのシーンの存在を知らない和歌那も、繭が大変な事件に巻き込まれていることまでは分かっていたので、「じゃあ、お二人さん、ごゆっくり～」と元気よく出かけていく彼女の後ろ姿を沈痛な表情で見送る。

「繭ちゃんを救うためにも私は……あっ、ごめんなさい、一輝君。さあ、入って」

一輝を自宅の中へ、そして自分の部屋、あちこちに小さな鉢植えや活《い》けられた花が飾られた場所へと和歌那は案内する。

「本当は私の部屋であって私の部屋じゃないんだけど。これも家宅不法侵入なのかしら」

そんな冗談を言った後、和歌那は机に向かって何かメモを書き出した。文面は『不審な呼び出しに一人で行ってはいけません。必ずお父さんに相談しなさい』といったもので、そのメモを和歌那は鏡台の上にある亡き母親の写真立ての近くに置いた。

「和歌那さん、もしかして、それってこの世界にいる和歌那さんへの……」

「うん、そう。自己満足にすぎないし、無駄かもしれないけど……一応、警告くらいは」

「いや、そんなことはないと……でも、これが和歌那さんの『心残り』だったの？」

和歌那は「違うわ」と答えると、いきなり一輝に抱きついてキスをした。

部屋に飾られたポプリだろうか、それとも和歌那の体臭なのか、とにかく胸をときめかせる甘い香りに包まれた一輝はこの予想外の事態に驚き、ただされるがままになっていた。

しばらくして和歌那の方から唇を離した。表情を見られたくないのか、和歌那は一輝の胸に顔をすりつけながら言った。

「……女の方からこんなことをしちゃうなんて……やっぱり、私ってアダルトゲームのキャラクターなのかしらね」

「違うよっ！　和歌那さんはそんなんじゃあ……だって、俺、和歌那さんのことが……」

今度は一輝から唇を重ねた。そして、どちらからともなく舌を絡み合わせる。その性急さは何も言葉をかわさなくても、二人を次の行為へ導いていく……。

☆　☆　☆

「……一輝君に抱かれたい……それが私の『心残り』……一輝君、幻滅しちゃった？」

いち早く一糸纏《まと》わぬ姿になった和歌那は、ベッドの上でうつ伏せになったポーズでそんなことを口にした。今まで服で隠されていたのが勿体《もったい》ないほどの抜けるように白い和歌那の肌、中でも溢《あふ》れるような実りを見せつけながらプルンと揺れる乳房が、一輝を誘う。

「幻滅なんて……するわけないよ。光栄というか、俺なんて和歌那さんには……」

「ダァメ。そんな風に自信のないようなこと言っちゃぁ……あっ！」

和歌那の驚きは、一輝が最後の一枚を脱いだことにより露わになった彼の屹立《きつりつ》した男根のせいだった。男にしては細身な一輝の体とのギャップがより逞《たくま》しさを男根の印象に与え、和歌那は自らの秘所が熱く火照るのを感じる。

「えっと……本当にいいのかな。俺が和歌那さんと、その……」

決断力の欠如だけでなく、和歌那を神聖な存在だと感じていたゆえの一輝の躊躇《ためら》いだった。それを察したのか、和歌那は恥じらいに目を伏せながらも、両手を広げベッドの上に膝立《ひざだ》ちの体勢になって、全てを一輝にさらけ出した。

「物書きを目指すくせに表現力が乏しいと思うんだけど……和歌那さん、綺麗だ……」

その感想とは別に一輝が注目したのは、和歌那の股間《こかん》だ。草むらを思わせる慎《つつ》ましやかな恥毛に覆われたその場所は、朝露が下りたように濡れていた。

（和歌那さんが感じてくれている。それも俺に対して……！）

激しい衝動に襲われ、一輝は和歌那の体に飛びついた。勢い余って二人は抱き合ったたままベッドの上を転がり、精神的優位を示すように和歌那が上になった。

「慌てないの、一輝君。私は逃げないんだから……ね？」

和歌那の言葉に少しだけ平常心を取り戻した一輝は、眼前に差し出されたような形になっている乳房に手を伸ばした。瑞々《みずみず》しく張り詰めたその弾力を掌《てのひら》で確かめながら、指は乳房に比べるとアンバランスに見える小さな果実のような乳首に触れる。

「和歌那さんの胸、やっぱりおっきい……でも、ここはいつもこんなに硬いのかな？」

「あんっ！　一輝君のエッチ……一輝君のせいなんだから……だから、責任取りなさい」

一輝は責任を取る。片方の乳首を指の間でこすり上げ、もう片方は口に含むことで。

ある意味、それがマズかった。乳首をしゃぶられて昂《たかぶ》った和歌那は、自らの秘所のぬめりを塗りつけるようにして股間を一輝の勃起《ぼっき》にこすりつけたのだ。

「あぁっ！　わ、和歌那さん、ダメだって……そんなことをされたら、もう……」

「だって……一輝君がこんなに大きくしてるんだもの……それを見たら、私、我慢が……」

そのエッチな和歌那の言葉が引き金となり、一輝の男根は早くも暴発した。勢いよく放たれた精液は和歌那のお尻を中心に飛び散る。

「はぁはぁ……ごめん、和歌那さん……まだ始まったばかりなのに……」

自らの早漏ぶりにシュンとなる一輝が可愛《かわい》く思え、和歌那の胸がキュンと高鳴る。

男根までシュンとなられるのは困るので、和歌那は大胆な行動に出た。ベッドの上にぺ

タンと腰を下ろして前傾姿勢を取ると、「よいしょ」とか言いつつまだピクピクと脈打っている男根を自らの豊満な胸の谷間へ挟み込んだのだ。

「なっ……！　そ、それって、パイズ……和歌那さん、いいよ、そんなことしなくても」

「本当にしなくていいの？　私は一輝君にしてあげたいんだけどなぁ……」

一輝が答えを迷っているうちに、さっさと和歌那はパイズリを始める。オマケに舌を伸ばしてまだ精液が残っている亀頭をペロペロと舐《な》め出した。真綿に包まれたような乳房の感触とフェラチオ攻撃に、もう一輝の中で拒否する気持ちは皆無となった。

「んちゅっ、れろっ、んんっ……どう、一輝君？　私、こんな風にするのは初めてだから下手《へた》だったらごめんなさいね……それに、このまま出しちゃってもいいから」

「え〜〜っ！　あっ、いや、それはいくらなんでも……」

「いいのっ！　だって、もう一回くらい出しちゃった方が私の中に入れてくれた時に……あっ、やだ、私ったら……でも、やっぱり、一緒に気持ちよくなりたいし……」

ドピュッ！　ドピュウゥッ！　ドクドク……ドピュドピュ……！

一輝は言葉責めに弱いのだろうか、またも呆気《あっけ》なく射精の時を迎えてしまった。

「きゃっ！　あぁん！　こ、こんなに沢山……あぁっ！　まだ……まるで蛇口みたい……」

びくつく亀頭から発射された精液は、『学園ますかれーど』の時と同様にエロゲー効果により、和歌那の全身にぶちまけられた。大量の射精の洗礼を受けたその瞬間、和歌那は軽く達していた。お尻の下のシーツに印《しる》された大きな染みがそれを如実に証明している。

慌てて近くにあったティッシュで自らの不始末の処理を行う一輝は、その事実を知らなかったので、男として強くこう思った。

(このままではダメだ。俺ばっかり気持ちよくさせてもらってちゃあ……!)

一輝は和歌那の体を拭《ぬぐ》い終わると、先程までとは丁度位置が逆転した体勢で愛撫《あいぶ》を開始した。イーリー……恵美梨……涼香……と、若干彼女たちに罪悪感を覚えながらも、今までの経験で得た知識と技をフルに活用し、和歌那に甘い喘《あえ》ぎ声を上げさせた。

そして、充血を見せる花びらの合わせ目からプリッと膨らんで包皮が剥《む》けた淫芽《いんが》を歯で甘噛《あまが》みした時点で、まずは目的が果たされた。

「ひあぁっ! ダメェ、そこ、弱いのぉ……はぁあぁん、イッちゃううぅうっ!!」

絶頂に身を震わせる和歌那に休む間を与えず、一輝は組み敷いた彼女の秘裂をいきり立った男根で一気に貫いた。

「ひぃいぃんっ! つ、強すぎるのぉっ! イッたばかりで……敏感に……あふぅうっ!」

女体の奥底を突き上げられ脳天までも届くような快感に、和歌那は全身を震わせて弓なりに仰《の》け反《ぞ》った。白い肌はいっそう紅潮を見せ、内部の襞《ひだ》が勃起にすがりつく。

「すごいよ、和歌那さんの中……柔らかくて、温かくて……最高だよっ!」

どこまでもふくよかな和歌那の肢体に、一輝は全身を揉《も》み込むようにして快楽を貪《むさぼ》る。

「一輝くぅん！　私もイイ、イイのぉ！　こんなのって初めてなのぉ！　はぁああん！」

若々しく激しい昂りに和歌那は花開き、全てを受け入れている。

そのうちに和歌那のむっちりとした肉づきの足が一輝の胴に巻きつき、何かを要求するような仕草を見せる。それに応《こた》えて、一輝のピストン運動も更に激しさを増した。いつしか飽きることなく口付け合い抱きしめ合っていた二人にとって、避妊も膣外《ちつがい》射精ももはや考えられなかった。喘ぎと身悶《みもだ》えの声を全て相手の口中に託しつつ、一輝の精は和歌那の子宮口へと放たれた。

「ふはぁっ！　一輝君の精液……さっきは体にかけられて……今は私の中に……」

深い満足感を覚えながら、和歌那は秘裂から溢れ出した精液を指で拭い取り、それを自らのお尻へ塗り込めていく。続いてのろのろと体を起こした和歌那は四《よ》つん這《ば》いの状態になって、一輝の方へ尻たぶを広げる。

「あのね、一輝君……そのぉ……今度はこっちで、してくれる？」

「へっ……？　それって、お、お、お尻で、ってこと？　別に俺はそこまでは……」

「ダメ……！　こっちは初めて、だから……一輝君にお尻の初めてを貰《もら》ってほしいの……」

一輝は大いに戸惑っていたが、一つの残酷な事実に気付く。

（そうだ……この後、和歌那さんには男たちに襲われる運命が……だから、その前に……そういうことか）

自分の無力さに唇を噛みしめる一輝を見て、和歌那はその心中を察する。

「あっ……違うのよ。そういうことじゃなくて……ほらっ、男の人はやっぱり相手の初めての人になりたいって思うものでしょ。でも、私はそうじゃなかったから……だから……」

こんな時にも気遣いを見せる和歌那の優しさに、一輝は行動で応える。

「ひゃっ！　あっ、ダメよ。そこは入りやすいように、さっき一輝君のを……」

止める和歌那を無視して、一輝は続けた。丹念にシワの一つ一つまで広げるように和歌那のお尻の穴に舌を這わせる行為を。自分の精液を味わうことになってしまうのも、今の一輝は厭《いと》わなかった。

やがてほぐれを見せてきた和歌那のお尻の窄《すぼ》まりに、その処女地へと、一輝は男根をゆっくりと挿入していった。

「んんんっ！　くっ……嬉しい……これで私も一輝君に……初めてを……」

和歌那にはまだアナルセックスの快感はない。あるのは身を引き裂かれるような激痛だけだったが、それでも和歌那は叫んだ。

「一輝君……もっと……もっとして！　私のことを忘れないように！」

「忘れないよ……忘れるもんかっ！　忘れてたまるかよぉっ！」

自然と握りしめ合っていた手に、ギュッと力がこもる。

手と手、肌と肌……全てを通して、二人はお互いの体温が溶け合うのを感じていた。

# ファイル6　そして『Realize Me』へ

そして、その時は来た。

一輝が『ゲート』を開き、和歌那が自分のいるべき世界へ戻る時が。

一輝の部屋。その場には、和歌那が動きやすいように、つまりは男たちに襲われた時に少しでも抵抗できるようにと、ジーンズやスニーカー等を自宅から持ってきた紗夜と、そして『ゲート』に纏《まつ》わる出来事は全て見届けようと思ってか、涼香の姿もあった。

和歌那を着替えさせるため一緒にバスルームに入った紗夜は、思いつめた顔で考え込んだ後、シートに入ったカプセルを渡す。

「プリベン、事後避妊薬……もし、妊娠とかしちゃったら困るだろうから」

言いにくいことを伝えるせいで紗夜はぶっきらぼうな口調になってはいたが、その気持ちは和歌那に充分伝わる。それゆえに和歌那は心苦しくなった。ゲーム内の世界でとはいえ、一輝と体を重ねてしまったのはまぎれもない事実だったのだから。

「……ありがとう、紗夜ちゃん。こんなに心配してくれるなんて、私は……」

「こんなこと、大したことないよ……だって、アタシ、和歌那さんがこれからヒドい目に遭うって分かってるのになんにもできない……辛《つら》いよ」

涙ぐむ紗夜を見ていると、和歌那は今にも一輝とのことを打ち明けそうになる。しかし、それはできなかった。一輝と紗夜のこれからのことを考えて……というばかりではない。一輝とのあの出来事はヤケになったわけでも傷を舐《な》め合うためでもなく、本気だったのだ。

だからこそ紗夜に許しを請うようなものではないと、和歌那は考えていた。

代わりに、和歌那は紗夜を優しく抱きしめ、そっと耳元で何かを囁《ささや》いた。

「えっ……？　和歌那さん、こんな時までそんな……優しすぎるよぉ……」

チクッと胸が痛み、それを微笑で隠した和歌那は、次に今度は彼女から紗夜へ手の中にあったある物を渡した。

「私、全然優しくないわ。これだって、私のワガママだし。でも、お願い、紗夜ちゃん。迷ってたら、それを渡してあげて」

紗夜にそう告げると、和歌那はバスルームを出て、向かう。

一輝の待つ、パソコンの前へ……。

……パソコンのモニターには、『夜行探偵2』の一シーンが……あの地下室での凌辱《りょうじょく》シーンが、和歌那の姿だけを欠いた状態で凍りついたまま表示されている。

「……お待たせ。さあ、一輝君、『ゲート』を……」

和歌那はさまざまな思いを全て振り切ったように、さらりとそう言った。

紗夜は見ていられないのだろう、バスルームに引きこもったままだ。

涼香は。ただ黙って和歌那を見つめている。

そして、一輝は……無言で『ゲート』を開いた。何か言葉を発したら、涙が溢《あふ》れてきそうな気がして。和歌那の決心を思うと、それは絶対に避けねばならなかった。

モニターから眩《まばゆ》い光が溢れ、渦を巻き始めるのを、一輝は無言のまま見つめる。

しかし、『ゲート』に向かっていく和歌那が一度振り返って「さようなら……」という、平凡で簡潔だが真に辛い別れの言葉を口にするのを前にしては、もう一輝は無言でいられるわけはなかった。

「イヤだ……俺が守る。あの忌まわしいレンフィールドたちから和歌那さんを……！」

抑えきれない想《おも》いに一輝の体は突き動かされ、和歌那の後を追って自分も『ゲート』の中に飛び込もうとしたが……。

「ダメっ！　行かないでっ！　イヤっ、絶対にダメぇぇぇっ！」

バスルームから飛び出してきた紗夜が体当たりするように背中に抱きついて、一輝を引き止めた。

「門倉……離してくれ。やっぱり、こんなの間違ってるよっ！」

「アタシだって分かってるよ……でも、織本にもしものことがあったら……アタシ……！」

紗夜の必死の叫びに動きを止めてしまった一輝の前に、涼香が立ちはだかる。

「……よせ、一輝」

「涼香、お前まで……」

「冷静になれ、一輝。『ゲート』を通って入った世界では、一輝は普通の人間でしかないんだぞ。もしもそこで命を落とせば……単なる無駄死に、だ」

「じゃあ、なんとかしろよ、涼香！　お前なら『ゲート』のことならなんでも知ってるんだろ。頼むよ……なんとかしてくれよぉぉぉっ！」

ガックリと膝《ひざ》をついて絶望に打ちひしがれる一輝の姿を尻目《しりめ》に、モニター上ではゲームが無情に進行していく……。

☆　☆　☆

和歌那「いやあっ！　離してっ！　あうっ！」

助けを求める和歌那の絶叫は、薄暗い地下室に虚《むな》しくこだまするばかりだった。

必死に男たちの手を振りほどこうと抗《あらが》う和歌那の体は、無理やり床に押さえつけられた。

男たちの顔には何の表情も見られない。同情も、忌まわしい悦《よろこ》びも、暗い情念の昂《たかぶ》りすらも……。ただ、その股間《こかん》だけは禍禍《まがまが》しい膨らみで、和歌那の肉体へ邪《よこしま》な欲望を抱いていることを表していた。

和歌那「ああっ！　そんな……どうして……いやぁあああっ！」

レンフィールドという人外の者の力だろうか、まるで猟師が獲物の皮を剥《は》ぐように和歌那の穿《は》いたジーンズは簡単に引き裂かれた。他の衣服も同様であり、遂《つい》には和歌那の秘所を守っていたショーツもただの布切れと化した。

すかさず男の一人が、そそり立った怒張を秘裂へと押し当てる。無論、この状況で愛液の分泌があるはずもない。硬く粘膜の入り口を閉ざしたその場所への挿入は力任せによって行われた。

和歌那「ひぐぃいいいーーーっ！」

ジーンズのように股間まで引き裂かれたような激痛に、和歌那は悲鳴を放った。

一方、狭く硬い粘膜を無理やり押し広げ、思いきり出血させながら、肉棒は容赦なく和歌那の胎内へ身を埋めていく。そして、うつむいていた和歌那の顔はねじ上げられ、その鼻先にテラテラと汁を滲《にじ》ませた勃起《ぼっき》が突きつけられた。和歌那が拒もうとしても恐ろしい力で口はこじ開けられ、肉棒が口中を喉元《のどもと》までも犯す。

和歌那「うぷぅっ！　むむぐんん……うっ！」

秘裂を犯す男と口淫《こういん》を強いる男が、はかったように同時に激しく腰を使い始める。

潤いのない膣《ちつ》の内部で怒張がギチギチと抽挿《ちゅうそう》するたびに、陰部から下腹部、体の奥深くの部分までが冷たい刃物で切り刻まれるような痛みを発する。唇から喉の奥まで、吐き気をもよおす肉棒が間断なく突き込まれ、息をするのもままならない。それが和歌那を襲っている不幸であった。

機械的にガクガクと体を揺さぶられる和歌那の目に涙が滲んで、視界をぼやけさせる。

だが、それでも恐怖と絶望ははっきりと彼女を蝕《むしば》んでいく。

ふいにひときわ深い突き上げが和歌那の胎内と口中へ繰り出された次の瞬間、二本の肉棒は勢いよく子種を吐き出した。

和歌那「んぐぅっ！　むぐっ、んぐっ……」

　粘液を口と秘裂の両方から体に注ぎ込まれた時、和歌那は体が急速に冷えていくのを感じた。犯された屈辱とは別に、決して洗い流せない穢《けが》れに汚された感覚というか、心が闇《やみ》に包まれ、何もかもがどうでもよくなってしまうような……。

　それに抵抗するように、和歌那は何度もえずいて床に生臭い精液混じりの胃液を吐き出す。遅れて、涙と鼻水と涎《よだれ》もその上に滴った。

和歌那（負けない……私、これくらいで負けない。一輝君に言ったんだもの。逃げないで立ち向かうって……）

　和歌那は必死にそう心で唱えた。まるでそれが魂の純潔を守る呪文《じゅもん》であるかのように。

　だが、これはまだほんの序章にすぎなかった……。

　……あれから、どれくらい男たちの精を和歌那は体に浴びたことだろう。

　男たちの冷たい手が、絶え間なく和歌那の体の上を這《は》っている。その白くきめ細かい肌に生臭く腐れた自分たちの精液を塗りたくっているのだ。汚らわしい粘液が白い雫《しずく》となって和歌那の顔面に、豊かな乳房の上に糸を引いて滴り、流れ落ちる。

　むせるような淫臭と腐敗臭が塊となって和歌那を包み込み、彼女を絶望へと叩《たた》き落とそうとするが、意識を失うことは許さない。男の一人が和歌那の腰を掴《つか》んで高々と掲げ、自らの肉刀を狙《ねら》い定めた場所は真っ白な尻肉の狭間《はざま》に隠れるように息づいているセピア色の小さな窄《すぼ》まり、アナルホールだった。

和歌那「あ……そこは……いやあ……ひぃっ！　あぐぅぅぅっ！」

　直腸粘膜を残酷に引き裂かれたことにより口から出た和歌那の悲鳴は、男たちが再び群がり始めるための合図となった。

　一人が和歌那の髪を掴んで肉棒の口淫を強いると、別の一人は彼女の下半身を強引にひねるようにして片足を上げさせ、中出しされた精液が充分潤滑油の役目を果たすはずの秘裂へと肉棒を突き立てた。

　口腔、ヴァギナ、アナルの三本責め……それでも男たちの凌辱は終わらない。

　無理やりに開かれた和歌那の両手にも……爪《つめ》を立てた指でグイと二つの乳房を寄せられた肉の谷間にも……他にも体のありとあらゆる場所に、和歌那は男の勃起をなすりつけられる。例えば、艶《つや》やかなロングヘア、和歌那が手入れを欠かさない自慢のその場所にも、男の一人が肉棒を絡ませ、淫液で汚していく。

和歌那（もう、ダメ……私、このまま狂ってしまう……）

　男たちの肉棒が鋭い氷片のように和歌那の体温を低下させ、その心までも萎《な》えさせる。

　そしてまた、四方からタイミングを合わせたかのように一斉に精液がぶちまけられ、白濁したスコールの真《ま》っ只中《ただなか》に和歌那の身は置かれた。

和歌那（……これ以上、耐えるくらいなら死んだ方が……ごめんなさい、私……）

もう涙もかれ果てた瞳《ひとみ》を和歌那が諦《あきら》めるようにゆっくりと閉ざしていった時、心の奥底から最後に耳にした愛しい者の声が甦《よみがえ》ってきた。

（イヤだ……俺が守る）という、駄々っ子のようだが、それゆえに愛しい言葉が。

和歌那の瞳に消えかけていた意志の光が復活する。

和歌那（そうよ……私が諦めてしまう姿を見たら、一輝君が傷つく……それだけはダメ、絶対に……だから、私は諦めない……一輝君、私、頑張る……！）

体は動かずとも、和歌那は新たに肉棒をいきり立たせて近付いてくる男たちをキッと強く睨《にら》みつけることで、自分が決して屈しないと表明する。

体を精液まみれにされ、心までも絶望という漆黒に塗り込められそうになりながらも、和歌那はたった一つの光、希望にすがりついて懸命に耐えていた……。

☆　☆　☆

……凌辱につぐ凌辱の果て、いつの間にか気を失って

いた和歌那が目を覚ますと、自分を抱き起こす温かい腕がそこにあった。

「……さん……和歌那さん、しっかりして！　あっ……和歌那さん！」

「かず……一輝……君？　私、夢を見ているの？　一輝君がここにいるなんて……」

「夢じゃないよ、和歌那さん……ごめん……本当にごめん。助けてあげられなくて……」

自分の身体《からだ》を包んでいる毛布の心地良い感触を和歌那は感じた。そして、それを用意してくれたのであろう者の顔が和歌那の目の前にあった。初めて会った時は弟のように思えた彼……今も「ごめん……」と謝り続ける、少し頼りないところがある彼……でも、優しさという真の強さを持っている、和歌那にとっては何者にも代え難い存在……。

「一輝君……本当に一輝君なのね……私、頑張ったの……諦めなかったの。一輝君がいてくれたから最後まで抵抗することができて……グスッ、うぅぅ……」

喜びと安堵《あんど》から、和歌那は一輝に抱きつき子供のように泣き始めた。

「分かってるよ、和歌那さんが諦めなかったことは。だって……」

そう、本来のゲームの進行ならバッドエンドに、凌辱し尽くされた和歌那は心を壊されてしまい、そのまま人形のように無抵抗で吸血鬼の花嫁になってしまうはずだった。しかし、和歌那の頑張りで展開は変わり、今このシーンがあること自体、奇跡だったのだ。

一通りそのことを和歌那に説明すると、一輝は懐から古ぼけた短刀を取り出した。

「これを手に入れるのに手間取ってしまって……そのせいでここにたどりついた時には、

和歌那さんを襲っていた男たちももうどこかに……」

和歌那が凌辱に耐えていた間、一輝もただそれを傍観していたわけではなかった。

一輝は和歌那がゲームの世界に戻るのを止められず絶望に打ちひしがれた後、必死に考えたのだ。自分に何かできないのか、と。少し前の一輝なら、『夜行探偵2』をもう二度とプレイしないと封印することで、単に悲しみから逃避していたはずだ。

だが、懸命に凌辱に耐えていた和歌那の姿にも励まされ、一輝は彼女にハッピーエンドを迎えさせてやりたいと心の底から願ったのだ。

その決意のもと、『ゲート』をくぐって『夜行探偵2』の世界に飛び込んだ一輝は、独自にハッピーエンドへの道筋を模索した。何度も行き詰まり、そのたびに『ゲート』を開いてセーブ&ロードを繰り返した努力の成果として、今、一輝の手には本来トゥルーエンドでしか入手不可能なアイテムがあった。

「一輝君……どうしたの、その体……すり傷がいっぱい……服も破れていて……」

和歌那が気付いたそれは、ゲームをプレイしたというのではない、実際に一輝が経験した苦難の証拠に他ならない。

「和歌那さんに比べたら、大したことじゃないよ。別に謙遜《けんそん》してるわけでもないんだ。俺一人で全てやったことでもないし……って、そんな話よりこのアイテムなんだけど……」

一輝は手の中のアイテム、一振りの短刀を改めて和歌那に見せる。それは刃の部分と柄《つか》の部分が一体化した造りになっていて、多少古びてはいるが竜の姿の細工が施されている。

「これは『竜殺し』と呼ばれている剣。吸血鬼を滅ぼすために、和歌那さんの遠い先祖が作ったものなんだ」

「私の先祖って……どういう意味なの？」

「『夜行探偵』の一作目において、そのヒロインは古代から吸血鬼と戦ってきた一族の末裔《まつえい》で、自分を犠牲にしてこの剣で吸血鬼を倒したんだ。和歌那さんもその同じ末裔の一人であって……えっと、ごちゃごちゃ説明するよりも、和歌那さん、これを手にしてみて」

和歌那は差し出された短刀をおそるおそる受け取った。と同時に刀身が輝きを増し、古びてくすんでいた竜の彫刻がまるで息を吹き返したようにくっきりと形を露《あら》わにする。そして、竜の目としてはめ込まれていた宝玉も燃えるように赤い光を放っていた。

「竜が……まるで目覚めたみたいに……えっ……？」

『竜殺し』が和歌那を真の持ち主と認めたからなのだろう、その放つ光は彼女の身体を包み、男たちに汚された証《あか》しである傷や精液等を全て清めていった。

「すごいや……やっぱり、和歌那さんには伝説の一族の血が……」

「一輝君……私も自分の役割が分かったような……そんな気がする」

和歌那が手にしたことによる『竜殺し』の輝きを目撃したのは、二人だけではなかった。

今頃《いまごろ》になってノコノコと……と指摘するのは酷だろう、地下室に姿を見せたのは『夜行探偵2』とタイトルにも冠されている主人公、四谷探偵であった。

「芝原さん、無事か……って、えっ？　そ、その剣は『竜殺し』じゃないか！　それは確か、吸血鬼を信奉する謎《なぞ》の邪教集団に盗まれて行方不明だったはずなのに……」

本来の展開なら、ここで和歌那を見つけた四谷探偵は心を闇に落とした彼女に殺され、バッドエンドへ……といったわけなのだが、勿論《もちろん》そうはならない。

「謎の邪教集団か……うん、あいつらは厄介だったたな。でも、今、『竜殺し』はここにある。そして、和歌那さんにはこれを受け継ぐ一族の血が流れてるんだ。四谷さん、亡くなったアンタの恋人と同じに……って、設定説明してる場合でもなかったな、今は」

「設定説明？　どういう意味だ？　大体、お前は何者なんだ！　どうしてここに……いろいろと事情に詳しいようだが……怪しすぎるぞ！」

あまりの急展開に状況が飲み込めない四谷探偵は、一輝に不信感を募らせる。探偵という職業ならそれも当然のことなのだろうが、そこには無意識に危機感と主役を奪われまいとする対抗心が含まれているのかもしれない。

しかし、そんな四谷探偵も次の和歌那の力強い一言に圧倒される。

「行きましょう。繭ちゃんを助けなければ……！」

マニュアルの登場人物紹介の欄に、『スケベだが、その実、女性には滅法弱い』とある四谷探偵であるからして、和歌那に従わざるをえない。

すぐさま三人は繭を救出すべく向かう。最終ボスのいる場所、秘密の実験室へと。

☆　☆　☆

和歌那が捕らえられていた地下室は、もともとは大きな屋敷だった廃屋にあった。

吸血鬼たちがここに巣くってからはひそかに改装されたらしく、ボロボロになっている古ぼけた内装と、真新しいがコンクリート剥《む》き出しの殺風景な内装が混じっていた。

廊下自体もアリの巣を思わせるように曲がりくねっていて一種の迷路になっていたが、『竜殺し』を入手する際に情報を掴んでいた一輝の先導で、三人は重厚で巨大な扉で閉ざされた目的の場所にたどりつく。

「……君の話だと、ここに芝原さんが調査を依頼してきた繭ちゃんが？」

四谷探偵の問いかけに一輝は黙って頷《うなず》く。それを受けて四谷探偵が扉に手をかける。

ギィィ…と蝶番《ちょうつがい》が軋《きし》んだ音を立てて扉が開き、そこから弱々しい光が、ツンと鼻を刺す薬品の臭いが洩《も》れてくる。

「一輝君……ここは手術室なの？」

「いや、どっちかっていうと実験室……かな。それも邪悪な類《たぐい》の……」

かなり広い部屋の中は、乱雑に置かれた実験器具と意図が不明な気味の悪い装置が並んでいる。そして部屋の一番奥には、古めかしい錬鉄と大理石でできた手術台がまるで祭壇のように置かれていて、その上に制服姿の少女、繭が横たわっていた。

「繭ちゃん……繭ちゃん、今、私が……！」

まるで等身大の蝋人形《ろうにんぎょう》のような風情を見せている繭を目にして、我を忘れて駆け寄ろうとする和歌那を一輝が制した。「こういう場合は何か仕掛けがあるはず……」といったゲーマーとしての勘である。

代わりに駆け寄ったのは四谷探偵であり、繭が生きているのを確認するとすぐに抱え上げようとしたのだが、その瞬間、彼のシャツの腹部に真紅の染みが広がった。

「ぐあっ！　繭ちゃん……君がどうして……」

バッタリと床に崩れ落ちる四谷探偵とは対照的に、手術台の上に横たわっていた繭がゆっくりと上半身を起こす。

「四谷さん！　えっ……繭ちゃん……繭ちゃんよね？」

和歌那が疑問を呈したのも無理はない。繭の瞳は禍禍しい血の色に輝き、その手には四谷探偵を刺した包丁が握られていたのだ。

「……和歌那お姉ちゃん、やっと来てくれたのね。繭、待ちくたびれちゃった」

まるで、妹がショッピングに行く待ち合わせ時間に遅れた姉をたしなめるような繭の口調だったが、それだけに不気味で一輝は和歌那を庇《かば》うような体勢を取る。

「繭ちゃん……どうして……どうして、あなたがそんなことを……」

「どうして？　この探偵は前にも私たち吸血鬼の仲間を倒してるのよ。当然の報いね」

「そんな……あなたは吸血鬼なんかじゃないわ。私の大切な……」

一輝に押さえられていたため手だけ伸ばす和歌那に向かって、繭は威嚇するようにシャッと手にした包丁を揮《ふる》う。

「ウザイんだよっ！　そんな家族ゴッコはもう沢山なんだってばぁっ！」

「家族ゴッコだなんて、そんな……私は繭ちゃんのことを妹だって本気で……」

妹のような存在から罵《ののし》られたショックで目に涙を溜《た》める和歌那を見て、繭は顔を歪《ゆが》めて邪悪な笑みを浮かべた。吊《つ》り上がった口元には鋭い牙《きば》がギラリと光る。

「だったら……本当の家族になりましょうよ。お姉ちゃんもアルマン様に闇の口付けをして頂いて、吸血鬼の一族に加わればいいのよ。そうすれば、本当の意味で同じ血の流れる家族に……闇の姉妹になれるわ」

「同じ血の家族……本当の姉妹……」

一輝が四谷探偵の安否を確かめている一瞬の隙《すき》に、和歌那は魅入られたようにそう呟《つぶや》くと繭のところへと歩み寄ろうとしていた。

「和歌那さん、騙《だま》されちゃいけない！　負の感情につけいるのは吸血鬼のやり口だ！」

「他人は黙ってなよっ！　さあ、和歌那お姉ちゃん、こっちに……」

だが、一輝の危惧《きぐ》も、繭のしてやったりという期待も裏切られる。

繭に近付いた和歌那はキッパリとした口調で言った。

「同じ血なんて関係ない！　私は繭ちゃんと仲良くなりたかった……本当の妹みたいに思ってる……その気持ちにウソはないわ！　だから……！」

繭の手にする包丁をも恐れず、和歌那は彼女を腕の中にギュッと抱きしめる。

「な、何を……や、やめ……」

「……あなたを吸血鬼なんかにはさせない。繭ちゃんは私が助けるっ！」

その決意の言葉に、和歌那が懐にしたためていた『竜殺し』が反応し、銀色の光を放つ。光は半ば闇の眷族《けんぞく》になりかけている繭には忌まわしいもののようで、彼女は悲鳴を上げる。

「うぎゃああ～っ！　く、苦しい……やめてぇぇぇっ！」

繭の苦しむ姿にも、手足をバタバタとさせる抵抗にも、和歌那は負けない。

最後にひときわ高くひび割れた絶叫を放つと、繭は意識を失った。その髪や指先から微《かす》かに妖気《ようき》を帯びた細い煙が立ち上る。

「繭ちゃん！　しっかりして、繭ちゃん！」

和歌那の呼びかけに応《こた》えて、腕の中の繭が薄く瞼《まぶた》を開いた。

「えっ……ええっ？　和歌那お姉ちゃん？　どうしてここに……」

もう繭の瞳に血の色を思わせる赤はなく、獣の如《ごと》き牙も生えていない。どこにでもいる、あどけない少女の顔だった。

「お姉ちゃん、繭のことを助けに？　嬉《うれ》しい……怖かった……とっても怖かったの！」

「もう大丈夫……大丈夫だから……」

抱き合って無事を、そして絆《きずな》を確かめ合う和歌那と繭を前に、一輝も心底嬉しい反面、緊張を保ったままでいる。

(これからが本番みたいなもんだからな。たぶんそろそろ……)

一輝の予期した通り、突如どこからか背の高い銀髪の男が姿を現した。

「……その娘は我が闇の子供。勝手に連れ出されては困るな」

宮廷物の映画に出てくるような時代がかった服装をした、彫りの深い貴族風の顔立ちをしたその男こそ、全ての元凶であり、正当なる吸血鬼の末裔、『アルマン』であった。熾火のような真紅の目と口元で光っている鋭い牙は、繭が見せていたそれと似通ってはいても格の違いを見せつける本物の迫力があった。

「吸血鬼アルマン……いよいよ真のラスボス登場ってわけだな」

「おや、我が名を知っているとは、な。さすが我が一族の者を葬り去った私立探偵のことだけは……ん？　違う！　貴様、何者だ！」

「フッ……問われたならば答えねばなるまい。俺の名は……」

余裕たっぷりに名乗りを上げようとした一輝だったが、本来は部外者であるところの彼の立場は弱い。繭を傷つけられた怒りをぶつける和歌那の叫びがここでは優先された。

「繭ちゃんや、他にも罪のない人々を苦しめて……絶対に許しません！」

「ほぉ、お前は光の一族だな。それに、その剣は『竜殺し』か。よかろう、貴様も我が妻の一人に加えてやる……来い！」

　アルマンも、得体のしれない存在である一輝は無視するつもりなのだろう、舌なめずりするような視線を和歌那に送り、これから始まる戦いに備える。

「一輝君、繭ちゃんをお願い！」

　そう言うと、和歌那は『竜殺し』を両手に構えてアルマンと対峙《たいじ》する。

「光の一族よ……闇の力を思い知るがいい！」

　真紅の瞳をぎらつかせたアルマンのその言葉で、バトルは開始された。

「行きます……！」

　一撃で決めようと思ったのか、突進した和歌那はアルマンに『竜殺し』を突き立てた。

　しかし……苦悶《くもん》の声は上がったものの、アルマンは『竜殺し』を跳ね返し、更にその体に変化が起きる。口が裂けたように大きく広がり、牙は小ぶりのナイフほどに伸び、そして背中からは蝙蝠《こうもり》の如き翼が、指先からは鉤爪《かぎづめ》が……と、邪悪な獣へと変貌《へんぼう》を遂げた。

「くくく……『竜殺し』如き古臭い武器で、我を倒せるとでも思っていたか。甘いわ！」

　背中の翼を広げて宙に舞い上がったアルマンは和歌那に襲いかかる。なんとかその攻撃はよけたが、和歌那の頬《ほお》に一筋の切り傷が刻まれ、血の雫がツーッと伝う。

「ふむ……旨《うま》いぞ。処女でないのは残念だが、妹共々、存分に可愛《かわい》がってやる」

鉤爪に付着した和歌那の血を、これ見よがしにと爬虫類《はちゅうるい》に似た長い舌でペロリと舐めるアルマンに比べて、和歌那に余裕はない。今にも光の一族としての力が尽きてしまい、『竜殺し』も手から取り落としそうだ。

アルマンは『竜殺し』によって倒される。それは『夜行探偵2』における既成事実なのは間違いない。だが、主人公である四谷探偵が予定外の怪我《けが》を負わされて意識不明になっているためのバグか、それとも一輝という不確定要素を含む存在のせいなのか、とにかくアルマンは倒れず、状況は大ピンチであった。

「『竜殺し』もだいぶ無理して手に入れたからな。でも、こんなこともあるかと思ってたさ。ということで……これが正真正銘、最後の一手だぁっ！」

一輝は彼の持つ唯一の能力、『ゲート』を開かんと叫んだ。「リアライジング・ザ・ゲート」と。そのかけ声に応えて、薄暗い部屋の空中に輝く光の渦が出現する。

「な、なんだ、これは……！　我はこんなものを知らぬぞ！」

「これは……一輝君の『ゲート』！」

驚くアルマンと和歌那。バトルが一時中断された中、一輝が続けて叫ぶ。

「頼むぞ……イーリー！」

一輝の呼びかけに、『ゲート』からショッキングピンクの髪をなびかせた小柄な体、つまりは『Clockwork Emotion』のイーリーが飛び出してきて、シュタッと部屋の床に着地した。

「はいっ、一輝さまっ！　お任せ下さい！」

そして、一輝が呼び出すのはイーリーだけではなかった。

最初の『ゲート』を閉じると、一輝は続けざまに二つの『ゲート』を開いた。『ゲート』を通って現れたのは、『魔王魂』からリディを、そして最後に現実世界からは涼香だった。

「なんや、またかいな。ほんま、しんどいこっちゃ。まっ、これもサウド様のためやさかいに。ほな、行くでぇ！」

「……一輝は案外、人使いが荒いな。邪教集団とやらの次は、本物の吸血鬼とは」

涼香の言葉から察すると、一輝は『竜殺し』を手に入れる際にも彼女たちの力を借りていたようだ。自らの持つ『ゲート』の力をまるで召喚魔法のように使いこなすアイデアも、一輝のゲーマーたる所以《ゆえん》か。

「イーリー、太陽光フラッシュだ！」

一輝の命令を受けたイーリーが腕を突き出すと、その掌《てのひら》から強烈な光がアルマンに向かって放たれた。もともと『Clockwork Emotion』においてはイーリーが日焼けサロンでバイトするイベントのための機能だったのだが、一輝の要請でパワーアップされたその光は吸血鬼たるアルマンを苦しめる。

「ギャアアアッ！　お、おのれ、よくも……このままでは……」

アルマンは背中の翼を使って一時撤退を図ろうとするが、その目論見《もくろみ》は同じく翼を持つリディによって阻まれる。リディはこれでもサウドの軍勢の尖兵《せんぺい》を務めるほどの戦士でもあり、アルマンの翼の腱《けん》にあたる部分を切り裂き、それを無用の長物とさせた。

「あんさん、カンニンな。恨むなら、アソコにいる一輝はんにしといてや～」

「か、一輝だと……なにゆえ、我がそのような輩《やから》に……ぐぁあああっ！」

のた打ち回るアルマンの体に取りつき、その頭部に手をかざしたのは涼香だ。

「はぁああっ！　一輝、こいつの特殊能力は私の力で施錠した……今だ！」

「サンキュー、涼香。和歌那さん、今がチャンスだ！」

「はいっ！」

和歌那はそう返事をすると、『竜殺し』を胸元に構えた。その手が柄をギュッと握り締めると、刃が脈打って和歌那の思いと同調する。

「……滅びなさいっ！」

体ごとぶつかるように、和歌那はアルマンを『竜殺し』で力いっぱい貫いた。

今度は跳ね返されることなく短剣の刃は深々と突き刺さり、同時に恐ろしいほどの閃光《せんこう》が部屋全体に炸裂《さくれつ》する。

「バ、バカな……我はまだこんなところでは……グギャアアアアアッ！！！」

叩き割られた陶器の如くアルマンの体が砕け散る。

その断末魔の悲鳴が、つまりは戦闘パートの終了を意味していた。

そうなれば、あとはエンディングが待つだけだった……。

☆　　☆　　☆

「んん……一輝君、逃げて……繭ちゃんを連れて……えっ、ここは……」

「あっ、和歌那さん。気がついたんだね」

ここは病院の一室。現実世界のではなく、『夜行探偵2』の中のそれだ。

アルマンを倒すために力を使い果たし、そのまま気を失ってしまった和歌那がそこに運び込まれていた。付き添っているのは当然、一輝だ。

「一輝君……私たち、助かったのね。アルマンはもう……」

「うん。ヒロインの和歌那さんの活躍で、ね」

繭も無事で四谷探偵も命に別状はないと一輝が教えると、和歌那はやっと安心したようで、病院備えつきの寝間着を纏った体をベッドから起こして微笑《ほほえ》みかける。

それは、一輝が一目惚《ぼ》れした微笑みだった。

いつしか一輝はその笑顔に熱い視線を送っていたのだろう、それに気付いた和歌那は照れ隠しに質問を口にする。

「そのぉ……涼香さん以外の……あのお二人も、もう帰ったのかしら？」

「二人？　ああ、イーリーとリディのことか」

一輝はただ「帰った」と答えるだけではなく、和歌那に二人のことをいろいろと説明する。それぞれのゲーム内においてどんなことが起こったのかを、多少脚色しながら小説のストーリーを語るように。

「……そう。一言お礼を言いたかったんだけど、もう帰っちゃったのね」

「うん。やっぱり誰《だれ》だって自分の生まれた世界にいるのが一番いいから……」

その言葉が示す裏の意味を互いに感じ取り、二人はふと黙り込む。

やがて、何かを振り切るようにフーッと息をついた和歌那が口を開いた。

「一輝君も帰るのね……元の世界に……」

「うん……俺は、俺の世界で精一杯頑張るよ。和歌那さんみたいに」

「そうね……一輝君は一輝君の人生を……でも、私のこと、時々は思い出してね……私もあなたのこと……忘れない。絶対、忘れないから……」

無理に笑おうとしても、どうしても溢れてくる涙が止められない和歌那はうつむいて涙を拭《ぬぐ》う。一輝は手を伸ばして、その涙に濡《ぬ》れた手を握った。ふっくらと柔らかく温かい感触を忘れないようにと、優しく握った。

「忘れないよ……それに約束する。俺もいつか和歌那さんのような素敵な女性の出てくる物語を書いてみせる。そして……甘いと非難されるかもしれないけど、今度はその女性がうんと幸せになる話を」

和歌那はうつむいていた顔を上げ、一輝の目をじっと見つめるとゆっくり頭を振った。

「ううん、私は幸せよ。今、充分に幸せ。あなたと出会って……助けられて……そして、好きになって……」

一輝は握っていた手を引き寄せ、和歌那と口付けをかわした。

別々の世界で生きていく、二度と会うことのない、想いを通わせた者同士として……。

☆　☆　☆

一輝が『ゲート』を通って現実世界である自室に戻ると、そこには紗夜が待っていた。

「よぉ、門倉！　お出迎え、ご苦労さん。あれっ？　涼香は帰っちゃったんだ。相変わらず落ち着きがないっていうか、忍者みたいな奴《やつ》だよな、アイツは」

精一杯明るく振る舞おうとする一輝に、紗夜は『ゲート』をくぐる前に和歌那が渡したもの、小さな金のメダルのついたペンダントを渡す。

「えっ……これって、和歌那さんがお母さんの形見として持っていた……」

「和歌那さん、『ゲート』に入る直前、これをアタシに託したの。織本が迷ってたら渡してあげて、って……アタシに力になってあげて、って……」

「そ、そうか……でもさぁ、別に今、俺、迷ってなんかいないじゃん。ダメだぞ、門倉。こういう重要アイテムはちゃんとイベント発生時に使わないと……」

「ううん。今、織本、迷ってる……本当は、和歌那さんと別れたくないんでしょ！　ゲームの中でずっと一緒にいて……一生そのままでも構わないって思うくらいに！」

「えっ……俺は……そんな……」

「ほらっ！　やっぱり迷ってるじゃない！」

一輝の手からポトリと和歌那のペンダントが落ちる。遅れて、目からポタリとこぼれた。和歌那の前では我慢していた涙が。

「うっうぅ……ごめんな、門倉……俺ってみっともないよな。優柔不断だし勇気もなくて、その上、男のくせにこんな……うぅ……情けないよな……ごめん……ごめん……」

涙と一緒に溢れ出てくる感情に耐えきれないように、一輝は紗夜にすがりつく。

紗夜もそれを拒まず、しっかりと一輝を抱きとめる。

「いいよ。織本が情けないことなんて、アタシは充分に分かってるんだから……でも、そんなの関係ない。それ以上に分かってるんだから、アンタのいいところをいっぱい……」

「紗夜……今日はずっとお前と一緒にいたい」

相変わらず「好きだ」とストレートに言ってくれないことを不満に感じつつ、紗夜は一輝の願いを受け入れようと思った。『紗夜』と名前で呼んでくれたのが嬉しくて。

「アタシ……和歌那さんに負けないから……」

そう小さく呟くと、紗夜は自分から一輝にキスをしていく。

もうアタシのものだから……そのための印をつけるように。

☆　☆　☆

「ん……んんっ……むぅぅふぅん……」

二人のキスは、舌がお互いの口中をまさぐり合う、激しいものになっていた。

舌の動きにつれて唾液《だえき》がかき回される濡れた音が耳に響いて、興奮と共に二人の呼吸は浅く速く、体も熱く火照っていく。

思う存分口付けをした後、離した二人の唇の間にねっとりと唾液の糸が繫《つな》がったことに紗夜は「やぁん……！」と恥ずかしそうに顔を伏せた。

「紗夜……紗夜が欲しい……お前を抱きたい……」

「一輝……うん、いいよ。でも、その……アタシ、下手《へた》かも……初めてだから」

「うん、そうだよな。俺とは初めてだから……ええっ！　まさか、紗夜、お前……」

さばけた日頃の言動からして、てっきり紗夜は経験済みだと思い込んでいた一輝は驚く。

その反応を見て、紗夜はぷくっと頰を膨らませて不満げな表情をする。

「バ、バージンじゃ悪いっ！　何よっ！　普通は『嬉しいよ、俺のために……』とか言ってくれてもいいもんなんじゃないのっ！　一輝のバカっ！」

すっかりご機嫌ナナメになってしまった紗夜を取り成すため、一輝は彼女の要求する次の条件を受け入れざるをえなくなる。

「一輝が先に服、脱いでよ。アタシ、初めてなんだから……恥ずかしいのっ！」

いざ実行するとなると恥ずかしいもので、一輝は紗夜の見ている前でヤケ気味にズボンとパンツを一気に引き下ろした。ペニスはもうとっくにいきり立ち、今にも出そうなほどにヘソに向かって反り返っている。

「わぁ……一輝って、こんなの隠してたんだ……すごく熱くて、カチカチに硬いんだ……あっ、ピクピクってした。なんか、透明な液も出てきたし……」

紗夜は珍しい玩具《おもちゃ》を見つけた子供のように、遠慮がちにだが勃起を弄《いじ》り回す。そっと肉幹を握ってみたり、指先で亀頭を撫《な》でてみたり、と。

「紗夜……そんなことされたら、俺、もう……！」

一輝は興奮から暴走し、紗夜の体を乱暴に抱き寄せるとそのショーツに手をかけた。

「きゃっ！　あっ、ちょっと待ってってば……まさか、このまま……イヤぁぁぁっ！」

幸いにも、このような情けない形での紗夜の処女喪失は一応避けられた。ショーツは太股《ふともも》の途中まで下ろされてしまったが、過敏になっていた一輝のペニスはシャリッとした恥毛と柔らかく熱い粘膜を一瞬感じただけで、暴発してしまったのだ。

「……すっごく飛ぶもんなんだね。ちょっとビックリって感じ」

一輝の腕から離れ、紗夜は床の上に弾《はじ》け飛んだ精液を興味津々に観察する。ショーツを下ろされたままなのを忘れて床にうつ伏せになった紗夜のミニスカートごしにチラチラと秘裂が見えて、一輝のペニスはすぐに再充填《さいじゅうてん》を完了した。

というわけで、一輝は仕切り直すべく、まずは紗夜をお姫様抱っこしてベッドに横たわらせた。紗夜は緊張の表情を浮かべたが、一輝に丁寧に扱われたのが嬉しいのか、もう抗うことはなかった。

ラフなカットソーを脱がしシンプルなデザインのブラを外すと、控えめな愛らしい膨らみのてっぺんで淡い色合いの乳首が少し尖って、何かを待ち受けていた。

「胸、小さいから恥ずかしいよぉ……一輝だって、ガッカリしたでしょ？」

「いや、ビックリした。俺のアレを見て、もうこんなに乳首を硬くしてるのか、って」

そう言うと同時に、一輝は紗夜から抗議の言葉が出ないよう、やわやわと乳房を揉《も》みしだき、乳首も舌先で転がし、吸いつき、甘噛《あまが》みする。

「あ、はぁ、あぁん！　一輝、初めからそんな激し……はぁうん！　感じちゃうよぉ！」

一輝の目論見が当たり、紗夜は薄く眉間《みけん》にシワを刻んで快感に酔いしれる。それならばと、一輝はミニスカートも外し、中途半端に下ろされていたショーツも片方の足首へと丸めた。そして指は遂に、艶々とした陰毛の下のふっくらとした肉の盛り上がりに、湿り気を帯びた裂け目へと到達した。

「もう、ヌルヌルだね、ここ。そういえば、ショーツにも染みがついてたような……」

「やだぁ！　そ、そういうこと言わないの。デリカシーってもんが……はふぅん！」

いつも強気な紗夜なだけにもっと辱めてやりたいと一輝が思ってしまうのも、男のサガというものだった。一輝は体を起こすと、紗夜の足を高々と持ち上げ股間の観察を始める。

「さっきのお返しだ。紗夜のアソコをじっくり見させてもらうよ」

「や、やぁん。恥ずかしいよぉ。自分でだってそんなにちゃんと見たことないのにぃ」

顔を真っ赤にしながらも、紗夜に本気の抵抗はない。それどころか、見られる悦びに目覚めてしまったのか、一輝の視線を受けて愛蜜《あいみつ》がねっとりと濃くなっていき、控えめに頭を覗《のぞ》かせていたクリトリスも膨らんでいった。

勢いづいた一輝は、いきなり紗夜の秘所に顔を埋めて舌を這わせた。

「ひゃうっ！　そ、そんな……ダメェ……ふぁぁん！　ダメだってばぁ！」

言葉では抗うものの、紗夜の体はヒクヒクッと反り返る。一輝がピチャピチャと音を立てて愛液を舐め取り始めると、紗夜も甘くとろけたよがり声で応える。

「ふぁぁん、あっ、くふぅ……一輝がアタシのアソコ、舐めてる……舐めちゃってるよぉ！　恥ずかしいのに、どんどんよくなってきちゃう。あん、はぁん、はぁあああああっ！！！」

ひときわ甲高い声が紗夜の口から放たれると、一輝は顔にピュッと愛液の迸《ほとばし》りを受けた。どうやら軽くイッてしまったのだろう。そのせいで一気に脱力している紗夜を見て、今が処女膜貫通のチャンスと考え、一輝は短い言葉でそれを伝える。

「……入れるよ、紗夜」

「えっ……う、うん。そうだよね。えっとぉ、ど、どうぞ……ってのも変かな？」

緊張から妙なことを口走る紗夜の股間にペニスを添えると、一輝は軽く深呼吸をするとゆっくり腰を進めていく。唇を噛みしめている紗夜の様子から破瓜《はか》の痛みの程度を心配しつつ、亀頭はきつく閉まっている部分を押し広げ、やがて何かを通り抜けたような感覚を一輝が感じた次の瞬間、ペニスは膣奥に到達した。

「……紗夜、全部、入ったよ……痛いか？」

「平気……と言いたいとこだけど、やっぱ痛い。でも……動きたいんでしょ、一輝は。顔にそう書いてあるよ。『ああ……なんて紗夜の中って気持ちいいんだろう』って。ふふっ」

「うん……本当にそう思ってる」

「バカ……ずっと『好き』って言ってくれなかったのに、そんなとこだけ正直なんだから」

そんなやり取りの後、一輝は躊躇《ためら》いがちに抽挿を開始した。しかし、纏わりついてくる紗夜の襞《ひだ》の感触に負けてしまい、徐々に動きが速まっていくのは仕方のないところだ。

紗夜の方は、生まれて初めての体験がもたらす違和感と、ひりつくような痛みに苛《さいな》まれていた。体の奥底に僅《わず》かに快感に近いものも目覚め始めていたが、それがはっきりと形をなす前に一輝に限界が訪れてしまったのだから台無しだった。

「うっ……紗夜……なんとか、外に……ううっ！」

その言葉に続いて放出された精液は、紗夜のお腹の上にぶちまけられ、ヘソの窪《くぼ》みにも水たまりのような様相を見せる。後始末は当然の如く一輝の役割である。

「光栄に思いなさいよね。なんたって、アタシが大切に守ってきた処女をあげたんだから」

一輝から奉仕を受けて最初はそんな風にからかっていた紗夜も、破瓜の出血を拭い取るために彼の手が秘所に伸びると、単に恥ずかしさ以上に体の芯《しん》が熱くなった。そうなると必然的に紗夜は、一輝の体のある一部分が気になってしまう。

「そのぉ……一輝のソレ、まだ元気だね。まさか、もうしたくなってるってわけ？」

「しょうがないだろ。若いんだから。別に、その、我慢できないってわけじゃないぞ」

「そうじゃなくてぇ……そのぉ、一輝は気持ちよかったかもしんないけど、アタシは痛かっただけでぇ……それって、何となく不公平な気が……」

そこまで聞いて一輝は紗夜の言いたいことを大体理解したが、ワザとトボける。

「不公平って言われてもなぁ……さあ、シャワーでも浴びて今夜は早く寝ようぜ。二人一緒に学校に遅刻でもしたら大変だからな。あっ、紗夜が先にシャワー使っていいぞ」

一輝のらしくない紳士的な（？）言葉に、紗夜も気付いた。一輝がイジワルを言っていることに。ここは意地の張り合いが続くかと思いきや、紗夜は別のことにも気付いてしまっていた。自分からエッチで恥ずかしい言葉を口にすると、気持ちよさが増すことを。

「だからさぁ……そのぉ……もう一度、一輝に……シテほしいの……」

さすがにおねだりは恥ずかしかったので、消え入りそうな小さい紗夜の声だった。

「えっ？　紗夜、何か言ったか？　よく聞こえなかったなぁ」

「もう！　そんなに言わせたいのっ！　いいわよ、言ってやるわよっ！　だからぁ……一輝の……オ、オ、オ◯ンチンが欲しいのっ！　早くアタシに入れてよぉ！」

卑語まで口にしてしまえばもう怖いものはないのか、紗夜は一輝のペニスに当たるように下半身をスリスリと動かす。

ここまでされてはもう一輝も堪《たま》らず、紗夜を後ろから抱きかかえるようにして下半身を密着させると、勃起を新たに愛液を分泌し始めた秘裂に挿入させた。

「どう？　まだ痛い？」

「ううん……ちょっとヒリッとするけど……んんっ！　何となく……イイみたい」

紗夜は体でも返事をするように、軽くお尻を振ってみせた。その可愛い仕草がペニスをキュウッと締めつける。そのまた返事として、一輝はリズミカルにピストン運動を始める。

「はぁ……あん……んはぁ……くふぅん！　二度目でもう気持ちよくなってきちゃうなんて……んんっ、アタシたちってやっぱ相性、いいのかなぁ」

「相性って、俺のチ◯コと紗夜のマ◯コが、ってこと？」

「バ、バカァ〜ッ！　もう、それでいいわよ。だから……もっと激しくしてぇっ！」

恋人たちは激しく互いを求め合い、そして互いに与え合う。

その時にはもう汗ばんだ二人の肌がぶつかる湿った音と、忙《せわ》しない喘《あえ》ぎ声だけが部屋の中に満ちていた……。

# エピローグ

「あ～～～っ！　また、こんなに買ってきてるぅ！　もうエロゲーなんかいらないでしょ。そのぉ……アタシってもんがいるんだから」

「紗夜……まあ、それとこれとは別の話であって……」

押し入れの隅に山と積まれた未開封のアダルトゲーム。それを発見した紗夜が抗議行動を開始し、一輝はその適切な対処を迫られていた。

「ふ～ん……つまり、一輝はアタシとのエッチが不満ってわけね」

「だから、そう短絡的に考えなくても……これは、そのぉ……そう！　参考資料というか、少しでもいいシナリオを書くためには必要なんだって」

「じゃあ、一輝はエロゲーをしててもアソコをおっきくはしないわけよね。なんたって、シナリオの勉強だもんねぇ」

「いや、それとこれとはやっぱり話が別で……それに、エロゲーのシナリオの出来不出来のバロメーターとしてナニが勃起《ぼっき》するかどうかは重要な点ではないかと……」

言い訳に終始しアタフタとする一輝を見て、紗夜はニッと歯を見せる。

「まっ、しょうがないか。譲歩して、一輝の中の『好き』ってランクの一番がアタシで、ず～～～っと離れての二番がゲーム……それならば、許す！」

「あのさぁ、好きなランクの二番がエロゲーってのはちょっと勘弁してほしいんだけど」

「おっ！　一番がアタシってのは異存はないわけだ。やったね！」

……と、まあ、こういった感じで、紗夜が日に一回は必ず一輝の部屋を訪れる、ラブラブな状況がすっかりできあがっていた。

あの一連の出来事から時も過ぎ、専門学校生としてはそろそろ卒業後の進路を考えなければいけない時期に来ている。

「あ〜あ、こういうのも選択肢の一つなんだろうな。それもリセットが利かない種類の」

将来に思いを馳《は》せ、一輝がそんなことを呟《つぶや》くのも少なくない。

そして、その時々によってニュアンスは異なるが、紗夜はこんな風に声をかける。

「何よ。また後ろ向きな考え、グルグルさせてるんでしょ。一輝ならできるよ」

何気ない励ましだったが、一輝には他の何にも代え難い言葉だった。

☆　☆　☆

そして、それぞれのエピソードの後日談としては……。

『Clockwork Emotion』と『学園ますかれーど』の二つのゲームソフトは、あれ以来どちらもプレイしていない。世界でただ一人、一輝だけが所有している、オリジナルのエンディングを大切にしたかった……理由はそんなところだろう。

『魔王魂』に関しては、吸血鬼アルマンを倒す際にリディの助けを借りた恩を返す意味もあって、サウドが世界を完全征服するベストエンディングまで一輝はやり込んだ。心なしかエンディングの一枚絵において、ヒロインたち全員をメス奴隷としてはべらしているサウドはそれでも不服そうに見えたが。

『夜行探偵2』は……ある時まで一輝は封印しておくつもりだった。自分がプロのシナリオライターとして一人前になった時……その時にはもう一度プレイしようと思っていた。

封印といえば、結局、一輝の『ゲート』の力は涼香の手により封じられてはいない。

『ウーブの夢』の絵本の中、自分が生まれた世界へ涼香は戻るには戻ったのだが、『ゲート』の力を持つ者を探し、それを悪用されないようにするという使命は今も続けている。

そのパートナーとして一輝も協力させられていて、それが力を封印されていない理由だ。

涼香が以前、「一輝には物語から呼び出された者の気持ちをもっと知ってほしい」と言ったのは、このためだったのだろう。

ちなみに、涼香がその中に帰っている時もそうでない時も、絵本『ウーブの夢』は一輝の部屋の本棚に置かれていた。こちらの世界に出てくる時は『ゲート』を開く必要があるからで、それを中から涼香が要求する、本がブルブルと生き物のように震えるポルターガイストに似た現象にもようやく最近、一輝も慣れてきた。

☆　☆　☆

「……俺にもいつか『ゲート』を開くことができるほどの物語が書けるのかなぁ」

ふと、たまに一輝はそんな言葉も紗夜を前にして呟くことがあった。

それは一輝お得意の弱気な発言ではなく、もっと前向きなものであるのが紗夜には理解できた。加えて、紗夜にとって永遠の恋敵である誰《だれ》かさんの面影を一輝が思い浮かべているのだろうということも。

だから、やはり紗夜は一輝を励ます。「大丈夫だって！」と。

「……うん、そうだよな。ありがと、紗夜」

「あっ、でも……それがエロゲーだったら、アタシとしてはちょっと複雑な心境かも」

「では、早速、そのための参考に経験を積まないと……」

「あっ、一輝、エッチな目してる……きゃっ！　もう、ダメだってばぁ……」

紗夜とじゃれ合う一輝の中には、次回作になるかどうかは分からないが一つの構想が存在していた。

今回の『ゲート』の力に纏《まつ》わる一連の事件、それを生かした物語が。

詳しいプロットはまだだったが、仮題だけは決まっている。

これからも自分を見失わないようにとの思いも、そこには込められていた。

『Realize Me』というそのタイトルには。

End

# あとがき

どうも、『住基ネット』とやらで国民全員に固有のナンバーがつくのもちょっとＳＦっぽくってカッコイイかなと考えてしまう、高橋恒星です。

本書は、増刷はあるわ三作も書かせてもらうわと大変お世話になった『夜勤病棟』以来のミンクさん原作のノベライズであります。

本書の主人公が物書きを目指している設定に、在りし日の自分を思い浮かべつつも過度の思い入れは抑えて執筆したつもりですが、実際のところどうだったでしょうか。

さて、主人公の持つ現実と架空世界の間に『ゲート』を開く能力ですが、こういった設定が登場する以上、どうしても『現実逃避』というテーマから逃れられないでしょう。

本文を読めば分かると思いますが、筆者はあえて全肯定も全否定もしていません。逃げ場を持たずに生きていけるほど人は強くないし、かといって逃げ場は逃げ場でしかなく定住する場所ではない……といったところです。具体的に言えば、本書で一発ヌいてすっきりとした気分になったら、気になる異性に電話でもかけてみてください……って、余計なお世話ですね。

では、読者の皆様とはまた、次回作でお会いしましょう。

二〇〇二年　八月　　高橋恒星

Realize Me《リアライズ・ミー》

2002年9月30日 初版第1刷発行

著　者　高橋 恒星
原　作　ミンク
原　画　INO

発行人　久保田 裕
発行所　株式会社パラダイム
〒166-0011東京都杉並区梅里2-40-19
ワールドビル202
TEL03-5306-6921 FAX03-5306-6923

装　丁　林 雅之
印　刷　株式会社シナノ

乱丁・落丁はお取り替えいたします。
定価はカバーに表示してあります。

# 既刊ラインナップ

定価 各860円+税

1 悪夢 ～青い果実の散花～
2 脅迫
3 痕 ～きずあと～
4 慾 ～むさぼり～
5 黒の断章
6 淫従の堕天使
7 Esの方程式
8 歪み
9 悪夢 第二章
10 瑠璃色の雪
11 官能教習
12 復讐
13 淫Days
14 お兄ちゃんへ
15 緊縛の館
16 密猟区
17 淫内感染
18 月光獣
19 告白
20 Xchange
21 虜2
22 飼
23 迷子の気持ち
24 ナチュラル ～身も心も～
25 放課後はフィアンセ
26 骸 ～メスを狙う顎～
27 朧月都市
28 Shift!
29 いまじねぃしょんLOVE
30 ナチュラル ～アナザーストーリー～
31 キミにSteady
32 ディヴァイデッド

33 紅い瞳のセラフ
34 MIND
35 錬金術の娘
36 凌辱 ～好きですか？～
37 My dearアレながおじさん
38 狂＊師 ～ねらわれた制服～
39 UP!
40 魔薬
41 臨界点
42 絶望 ～青い果実の散花～
43 美しき獲物たちの学園 明日菜編
44 淫内感染 ～真夜中のナースコール～
45 MyGirl
46 面会謝絶
47 偽善
48 美しき獲物たちの学園 由利香編
49 せ・ん・せ・い
50 sonnet～心かさねて～
51 リトルMyメイド
52 flowers～ココロノハナ～
53 サナトリウム
54 はるあきふゆにないじかん
55 プレシャスLOVE
56 ときめきCheck in!
57 散櫻 ～禁断の血族～
58 Kanon～雪の少女～
59 セデュース ～誘惑～
60 RISE
61 虚像庭園～少女の散る場所～
62 終末の過ごし方
63 略奪～緊縛の館 完結編～
64 Touch me～恋のおくすり～

65 淫内感染2
66 加奈～いもうと～
67 PILE・DRIVER
68 Lipstick Adv.EX
69 Fresh!
70 脅迫～終わらない明日～
71 うつせみ
72 Xchange2
73 M.E.M.～汚された純潔～
74 Fu・shi・da・ra
75 絶望 ～第二章～
76 Kanon～笑顔の向こう側に～
77 ツグナヒ
78 ねがい
79 アルバムの中の微笑み
80 ハーレムレーサー
81 絶望 ～第三章～
82 淫内感染2～鳴り止まぬナースコール～
83 螺旋回廊
84 Kanon～少女の檻～
85 夜勤病棟
86 使用済～CONDOM～
87 真・瑠璃色の雪～ふりむけば隣に～
88 Treating 2U
89 尽くしてあげちゃう
90 Kanon～the fox and the grapes～
91 もう好きにしてください
92 同心～三姉妹のエチュード～
93 あめいろの季節
94 Kanon～日溜まりの街～
95 贖罪の教室

96 ナチュラル2 DUO 兄さまのそばに
97 帝都のユリ
98 Aries
99 LoveMate～恋のリハーサル～
100 恋ごころ
101 プリンセスメモリー
102 ぺろぺろCandy2 Lovely Angels
103 夜勤病棟 ～堕天使たちの集中治療～
104 尽くしてあげちゃう2
105 悪戯Ⅲ
106 使用中～W.C.～
107 せ・ん・せ・い2
108 ナチュラル2 DUO お兄ちゃんとの絆
109 特別授業
110 Bible Black
111 星空ぷらねっと
112 銀色
113 奴隷市場
114 淫内感染 ～午前3時の手術室～
115 懲らしめ 狂育的指導
116 傀儡の教室
117 インファンタリア
118 夜勤病棟 ～特別盤 裏カルテ閲覧～
119 姉妹妻
120 ナチュラルZero＋
121 看護しちゃうぞ
122 みずいろ
123 椿色のプリジオーネ
124 恋愛CHU! 彼女の秘密はオトコのコ？

最新情報はホームページで！　http://www.parabook.co.jp

125 エッチなバニーさんは嫌い？
原作：ジックス　著：竹内けん

126 もみじ「ワタシ…人形じゃありません…」
原作：ルネ　著：雑賀匡

127 注射器2
原作：アーヴォリオ　著：島津出水

128 恋愛CHU！ヒミツの恋愛しませんか？
原作：SAGAPLANETS　著：TAMAMI

129 悪戯王
原作：インターハート　著：平手すなお

130 水夏～SUIKA～
原作：サーカス　著：雑賀匡

131 ランジェリーズ
原作：ミンク　著：三田村半月

132 贖罪の教室BADEND
原作：ruf　著：結字糸

133 -スガタ-
原作：MayBeSOFT　著：布施はるか

134 Chain失われた足跡
原作：ジックス　著：桐島幸平

135 君が望む永遠 上巻
原作：アージュ　著：清水マリコ

136 学園～恥辱の図式～
原作：BISHOP　著：三田村半月

137 蒐集者　コレクター
原作：ミンク　著：雑賀匡

138 とってもフェロモン
原作：トラヴュランス　著：村上早紀

139 SPOT LIGHT
原作：ブルーゲイル　著：日輪哲也

140 Princess Knights上巻
原作：ミンク　著：前薗はるか

141 君が望む永遠 下巻
原作：アージュ　著：清水マリコ

142 家族計画
原作：ディーオー　著：前薗はるか

143 魔女狩りの夜に
原作：アイル【チーム・Riva】　著：南雲恵介

144 憑き
原作：ジックス　著：布施はるか

145 螺旋回廊2
原作：ruf　著：日輪哲也

146 月陽炎
原作：すたじおみりす　著：雑賀匡

147 このはちゃれんじ！
原作：ルージュ　著：三田村半月

148 奴隷市場ルネッサンス
原作：ruf　著：菅沼恭司

149 新体操（仮）
原作：ぱんだはうす　著：雑賀匡

150 Piaキャロットへようこそ!!3 上巻
原作：エフアンドシー　著：ましらあさみ

151 new～メイドさんの学校～
原作：SUCCUBUS　著：七海友香

152 はじめてのおるすばん
原作：ZERO　著：南雲恵介

153 Beside～幸せはかたわらに～
原作：F&C・FC03　著：村上早紀

154 Only you－リ・クルス－ 上巻
原作：アリスソフト　著：高橋恒星

155 性裁　白濁の禊
原作：ブルーゲイル　著：谷口東吾

157 Sacrifice ～制服狩り～
原作：Rateblack　著：布施はるか

158 Piaキャロットへようこそ!!3 中巻
原作：エフアンドシー　著：ましらあさみ

159 忘レナ草 Forget-me-Not
原作：ユニゾンシフト　著：雑賀匡

160 シルヴァーン～銀の月、迷いの森～
原作：g-clef　著：布施はるか

162 Princess Knights下巻
原作：ミンク　著：前薗はるか

163 リアライズ・ミー
原作：ミンク　著：高橋恒星

164 Only you－リ・クルス－ 下巻
原作：アリスソフト　著：高橋恒星

166 はじめてのおいしゃさん
原作：ZERO　著：三田村半月

169 新体操（仮）淫装のレオタード
原作：ぱんだはうす　著：雑賀匡

**好評発売中！**

# 〈パラダイムノベルス新刊予定〉

☆話題の作品がぞくぞく登場！

## 161.エルフィーナ
～淫夜の王宮編～

アイル　原作

清水マリコ　著

　フィール公国は平穏で美しい小国だった。しかし隣国ヴァルドランドに武力制圧され、男は捕虜として連行、女は奉仕を強制された。「白の至宝」と名高いエルフィーナ姫も例外ではなく…。

## 167.ひまわりの咲くまち

フェアリーテール　原作

村上早紀　原作

　英一は祖父が旅行へ行くため、彼が経営している銭湯「恋之湯」を任されることに。幼なじみで銭湯を切り盛りする祭里を始め、恋之湯に下宿する個性的な５人の美少女たちとの楽しい同居生活が始まった！